série JOVEM BRASIL

Uma leve esperança

LANNOY DORIN

IMAGENS: JEFFERSON COSTA

Editora do Brasil

Dados Internacionais de Catalogação na Publicação (CIP)
(Câmara Brasileira do Livro, SP, Brasil)

Dorin, Lannoy
Uma leve esperança/ Lannoy Dorin ; imagens Jefferson Costa. – 2. ed. – São Paulo : Editora do Brasil, 2013. – (Série jovem Brasil)

ISBN 978-85-10-05374-7

1. Literatura infantojuvenil I. Costa, Jefferson. II. Título. III. Série.

13-08005 CDD-028.5

Índices para catálogo sistemático:

1. Literatura infantojuvenil 028.5
2. Literatura juvenil 028.5

Direção executiva
Maria Lúcia Kerr Cavalcante Queiroz

Direção editorial: Cibele Mendes Curto Santos
Supervisão editorial: Felipe Ramos Poletti
Supervisão de arte e editoração: Adelaide Carolina Cerutti
Supervisão de controle de processos editoriais: Marta Dias Portero
Supervisão de direitos autorais: Marilisa Bertolone Mendes
Supervisão de revisão: Dora Helena Feres

Edição: Gilsandro Vieira Sales
Auxílio editorial: Flora Vaz Manzione
Coordenação de arte: Maria Aparecida Alves
Coordenação de revisão: Otacilio Palareti
Revisão: Ana Carolina de Jesuz
Diagramação: Andrea Melo e Patrícia Lino
Pesquisa iconográfica: Adriana Vaz Abrão
Foto da capa: Yuri Arcurs/Easy Fotostock/Grupo Keystone
Controle de processos editoriais: Leila P. Jungstedt, Carlos Nunes e Eric Araújo

2ª edição / 1ª impressão, 2013
Impresso na Intergraf Indústria Gráfica Ltda.

Editora do Brasil

Rua Conselheiro Nébias, 887, São Paulo, SP, CEP: 01203-001
Fone: (11) 3226-0211 – Fax: (11) 3222-5583
www.editoradobrasil.com.br

Sonhos geram esperança, que gera sonhos.

O problema que proponho
exige filosofia:
estaria em mim o sonho
ou eu no sonho estaria?
L. D.

A todos meus ex-alunos, por terem me ensinado ser a humildade
a única vestimenta que não fica suja, não rasga e não envelhece.

1

Por onde começarei?

"Pelo começo", responderia o ilustre desconhecido psicólogo que um dia minha mãe arrumou, para, segundo ela, acertar minha mente, ou seja, colocar os parafusos nos seus devidos lugares e apertar bem as porcas.

Mas que começo?

Sempre que tentei gravar minhas reflexões sobre fatos de minha vida, fui interrompido pela minha mãe. Assim, jamais passei daquela primeira fase da descoberta de mim mesmo, aquele estágio da vida em que todos nós percebemos que nossas mãos e nossos pés obedecem aos nossos desejos destrutivos e saímos por aí matando os insetos. Era só eu embalar e lá vinha o "toc, toc, toc" na porta e a voz de taquara rachada:

– Antônio Carlos, meu filhinho, preciso falar com você.

Eu interrompia a gravação, ia ver o que ela queria e lá vinha o papo furado de sempre.

– Sabe, meu filho, tive uma ideia maravilhosa, estupenda. Que tal eu fazer um curso de pintura? Não seria uma beleza?

– Sim, mãe, mas o que eu tenho com isso?

– Você?! Ora, você poderia fazer também – e rindo: – Não é só mulher que pinta.

– Mãe, eu nunca tive inclinação pra pintura.

– Ah... sim, você puxou um pouco demais a seu pai. Seu pai sempre foi um grosseirão. Você pensa que porque ele tem curso superior tem cultura? Ora, esses dentistas nunca estudaram arte e o que é pior é que nunca se estudaram. Por isso, meu filho, jamais souberam o que é o amor.

– Pronto, mãe?

– Pronto o quê?

– Eu estou gravando um trabalho pra escola.

– Ah... sim... sim... sim... Desculpe, meu filho.

Eu mentia. Mas era a única forma de fazer minha mãe parar de me aporrinhar. E quando eu voltava ao gravador, a vontade já tinha saído pela janela.

2

Minha mãe me chama de Antônio Carlos e eu detesto esse nome. Meus amigos me tratam por Toninho. Mas eu sei que no dia que tiver "aquela" grana, por certo vão me chamar de Tom. No mundo dos ricos, Francisco é Fran, Joaquim é Jô, Henrique é Henri, Frederico é Fred e Antônio é Tom.

Toninho... Até parece que sou um cara mirrado, baixinho e com óculos de aro de tartaruga e lentes tipo fundo de garrafa. Não é nada disso. Sou magro, mas sou alto pra minha idade. Tenho pouco mais de 16 anos e todo mundo, quando me conhece, logo diz: "Nossa Senhora! Parece que ele tem 20 anos". É exagero. As pessoas geralmente dizem isso que é pra alegrar minha mãe. Sim, pra alegrá-la, pois desde que se separou de meu pai traz a tristeza nos olhos e nas palavras.

Meus pais jamais se entenderam, e nossa vinda de Itu para São Paulo, no ano retrasado, foi a última tentativa que fizeram para evitar o fim do casamento. Vieram certos de que meu pai teria as oportunidades que sempre reclamou para se aperfeiçoar na área que escolheu, a ortodontia. E minha mãe teria muitas opções para preencher seu tempo, como ir ao teatro, já que na sua juventude desejara tanto ser atriz. Ou, como queria meu pai, ir a um bom psicólogo ou psiquiatra e fazer psicoterapia.

Viemos morar no bairro de Pinheiros, e, ao contrário do esperado, tudo mudou para pior. Meu pai não fez curso algum e minha mãe jamais foi ao teatro. Separaram-se e desde então minha mãe não tem sabido como redirecionar sua vida. Passa dias e dias com ideias mirabolantes e algumas até que maravilhosas. Porém, quando tem que transformá-las em atos, cai numa terrível apatia, consumindo seus dias em lamúrias, que Lola suporta com resignação.

Lola é a nossa empregada, uma negra que pesa uns 120 quilos de gordura, bondade, obediência e paciência. Paciência, sim, porque, para tolerar as manias de minha mãe, só mesmo uma pessoa que traga no sangue séculos de resignação. Ou, então, porque Lola tenha uma personalidade igualzinha à dela.

Já que rotulei minha mãe e Lola, devo rotular-me também. Por que não? Devo ser um maníaco. Tenho várias manias, uma delas é a de gravar meus pensamentos sobre tudo que se passa comigo. É um costume antigo, que foi reforçado por Bartô, que era meu psicólogo.

Bartô fora indicado à minha mãe por Mírian, minha irmã, que estuda Psicologia em Itatiba.

Um dia minha mãe me disse:

– Você tem problemas, Antônio Carlos.

– E quem não tem? – respondi.

– Bem, isso é verdade. Mas, meu filhinho, você está numa idade difícil, precisa de uma orientação que eu não posso lhe dar.

– O que você quer dizer com isso?

– Que você precisa saber alguma coisa sobre você mesmo. Precisa conhecer sua alma. Um psicólogo poderá lhe ser muito útil.

– Chega, mãe! Já sei quais são meus problemas, e psicólogo algum irá me ajudar a resolvê-los. E fim de papo, tá?!

– Antônio Carlos...

Quase que eu disse que era ela quem precisava de um psicólogo, mas me contive. Saí xingando e fui à casa de Arnaldo buscar uns CDs emprestados.

Quando voltei, minha mãe estava na sala.

– Antônio Carlos, preciso falar com você.

– Sobre o quê? Diga logo, que tenho de fazer uma gravação.

– É sobre o Dr. Bartolomeu.

– Que Dr. Bartolomeu?

– O psicólogo.

– Outra vez?!

– Quero que você faça psicoterapia com ele.

– Psicoterapia?! Quem é que pôs essa ideia na sua cabeça?

– Não interessa. Você tem que fazer psicoterapia. Pensa que não me preocupo com você? Você é um rapaz fechado e de difícil diálogo. Tenho tentado...

– Como?! Repita, por favor.

– Você não se vê, mas é um jovem que não se comunica. Tenho procurado dialogar com você e não consigo.

– Essa é a sua opinião. Eu também acho que você é muito fechada e castrativa.

– O quê?

– Castrativa. Vive querendo me dizer o que eu tenho que fazer e quando vou fazer me poda. Isso enche, tá sabendo?

Chegou o fim de semana e pedi dinheiro à minha mãe. Tinha acertado com Arnaldo que passaria com a família dele o sábado e o domingo no Guarujá. Pedi dinheiro à velha e ela me encurralou:

– Dinheiro? Só depois que você for ao Dr. Bartolomeu.

– E se eu prometer que irei segunda-feira, você me dá?

– Dou.

– Então, está prometido!

– Jure.

– Juro.

– Por Deus.

– Por Deus.

– Repita.

– Juro por Deus.

3

Na segunda-feira fui com minha mãe ao Bartô.

Entramos na sala dele, sentamo-nos e imediatamente minha mãe começou a falar sem parar. Ele só ouvia, abanava a cabeça e dizia "sim, sim, sim", enquanto alisava o cavanhaque.

Com classe, Bartô levou minha mãe de volta à sala de espera, de onde não devia ter saído. Voltou, sentou-se à mesa, pegou uma caneta, ficou batendo na mesa e me estudando. Abaixei a cabeça, cocei a nuca e comecei a mexer na cadeira. Aí ele falou:

– Comecemos pelo começo. O que o traz aqui?

Olhei bem pra ele e respondi, porque tinha que responder:

– Não é o quê, doutor. É quem. E esse quem é a mulher que o senhor pôs pra fora. O senhor percebeu que ela fala pelos cotovelos, não percebeu?

Ele deu uma risadinha, e logo compreendi que estava em conflito. Teria que dizer "sim", mas como o dinheiro para pagá-lo sairia da bolsa de minha mãe, via-se compelido a dizer "não".

– Prossiga – ordenou-me.

– O quê?

– Fale.

– Mas eu já falei.

– Ah... sim, sim. Então, me diga: o que você acha de você?

– Eu?!

– Não, eu. Claro que é você, meu jovem. Você se acha bonito ou feio, agradável ou chato, alto ou baixo, aberto ou fechado, sociável ou tímido? Diga-me como você se vê, como um cara legal ou babaca?

Sou moreno, mas fiquei vermelho. Como é que eu ia dizer o que eu achava de mim? Se eu dissesse que me via como um rapaz bacana, ele ia dizer que eu era narcisista; se dissesse que era feio, que tinha complexo de inferioridade. Já andei lendo essas coisas num livro de Psicologia que Mírian deixou aqui em casa.

– Então, como você se vê? – ele repetiu com certa irritação.

– Mais ou menos.

– Mais ou menos? Como assim?

– Mais ou menos em tudo.

O papo foi nessa base. E, depois de uns 40 minutos, eu nem lembrava mais o que tinha falado. Estava com uma vontade doida de sair dali. E ele sorrindo.

– No começo é assim mesmo, Antônio Carlos.

– Toninho.

– Perdão, Toninho. Depois você vai se abrindo. As pessoas de sua idade geralmente vivem encapsuladas.

– Como?

– Encapsuladas. Fechadas em si mesmas. Aos poucos, você irá pondo pra fora tudo que está reprimido em seu inconsciente. É questão de tempo.

Doce ilusão. Fui algumas vezes à clínica do Bartô e acabei por desistir da tal de psicoterapia. Talvez não devesse ter abandonado a análise, porém eu estava a fim de fazer outras coisas à tarde e não ficar duas vezes por semana contando minha vida. Fiz minha mãe entender que eu tinha mais é que estudar, senão ia perder o ano. De fato, as notas das primeiras provas tinham sido baixíssimas. Ela engoliu a mentira e ficou tudo certo. Telefonei à secretária de Bartô – uma morena boazuda pacas – e lhe menti. Disse que iria passar uns tempos fora de São Paulo e minha mãe se encarregaria de efetuar o pagamento do mês.

– Nada mais certo, você não acha? Afinal, a grana sai da bolsa dela – e dei uma risadinha idiota.

A secretária soltou o telefone no gancho e quase estourou meu tímpano.

O Bartô não era um mau sujeito. O problema é que eu estava fazendo uma coisa sob pressão. Nessa condição, não cooperava na análise e ele sempre repetia que eu era muito fechado, um introvertido. Talvez ele estivesse com a razão. Às vezes falo muito, mas o que trago no mais profundo de mim não digo a ninguém. Cada vez que tenho um problema, venho para meu quarto e fico lendo; ou, então, debruço-me no parapeito da janela, fico vendo o quintal e me recordando dos momentos felizes de minha infância em Itu. Em alguns momentos, porém, vêm-me cenas tristes que gostaria de ver apagadas de minha mente. É o caso da morte de meus animais de estimação.

Eu tinha uma tartaruga, uma cobaia, um cachorro vira-lata e um papagaio. A tartaruga andava sempre se escondendo, mas quando a fome apertava vinha até a porta da cozinha e pedia com os olhos um pedaço de banana; a cobaia era arisca e só evacuava na parte cimentada do quintal, o que irritava bastante a Lola; o cachorro dormia o dia todo, e à noite latia, acordando todo mundo e me obrigando a levá-lo para meu quarto contra a vontade de minha mãe; e o papagaio não gostava de mulher, bicando a mão daquela que tentasse acariciá-lo. Saquei logo que era do terceiro sexo e o apelidei de Coluna do Meio.

Uma vez, vi minha mãe dando banana pra Longa Vida e dois dias depois ela, a tartaruga, morreu. Puxa vida, esse animal é pra viver trezentos anos, segundo li não sei onde. Depois foi a vez da cobaia. Minha mãe deu alface pra ela e babau. A Inflação – nome que meu pai lhe dera – finou. Passados uns dias, o vira-lata foi pra lata do lixo. Senti bastante a morte de Tupiniquim, vulgo Tupi, porque era o único que tinha paciência pra ouvir meus lamentos. Eu lhe contava meus dramas, ele lia no meu rosto a melancolia e latia, talvez tentando me consolar. Às vezes, parecia chorar, porque de seus olhos caíam lágrimas. Não fiquei sabendo do que ele morreu, mas desconfiei de minha mãe. E finalmente o Coluna foi assassinado por ela e eu vi.

Certa madrugada acordei com uma bruta dor de cabeça e fui à copa tomar um copo d'água e um comprimido. Aí ouvi barulho na cozinha e fui ver o que era. Vi minha mãe ajoelhada segurando o pescoço do Coluna com a mão esquerda e com a direita jogando um pozinho na goela dele. Gritei:

– Mãããããe! Você está louca! Está matando o Coluna! – e saltei sobre suas costas. Minha mãe caiu, o Coluna escapou, mas logo depois estrebuchou. E eu continuei gritando: – Você está louca! Louca!

Ela se levantou, deu-me um tapa no rosto e disse:

– Idiota, eu estava dando sulfa pra ele.

– Sulfa?!

– Estava quase morto.

– Não acredito.

Peguei o Coluna, enterrei-o no fundo do quintal, coloquei uma cruzinha de madeira em cima do seu túmulo e fiquei pensando: “Será que minha mãe não está ficando louca? Mas eu não tenho certeza se ela estava matando o Coluna. O certo é pegar um pouco do pozinho e mandar o Amélio da farmácia analisar. Isso mesmo”.

Ao passar pela cozinha, o chão estava limpo e nem sinal do pozinho. Minha mãe era mais ladina do que eu supunha.

Às seis e meia, ela foi me acordar e nada disse sobre o papagaio. Eu também não toquei no assunto. Sabia que não adiantava discutir com ela.

4

Foi a partir desse caso que comecei a observar melhor minha mãe e notar que, durante certo tempo, ela vivia triste, numa melancolia de dar pena. Depois, quando se recuperava, passava um longo tempo fazendo coisas sem sentido prático, como mandar emoldurar dez gravuras de santos e comprar de uma só vez uma dúzia de vidros de perfume.

Certa ocasião, tentei tocar no assunto com meu pai, mas ele respondeu secamente:

– Deixe sua mãe pra lá.

E deixei. Ela é que não me deixou.

Quando cismou que eu andava fumando, entrou no meu quarto e repetiu integralmente, com pontos e vírgulas, um artigo que saíra em Seleções do Reader's Digest sobre os males do fumo.

– Mas eu não fumo, mãe.

– Ontem senti cheiro de fumaça em seu quarto.

De fato, eu experimentara um cigarro, mas não era fumante.

Em seguida, ela andou com mania de ladrão.

– Vamos ser assaltados. É preciso manter a casa fechada.

Tentei explicar-lhe que os ladrões não teriam o que roubar em nossa casa, que eles só assaltavam residências de pessoas que sabiam ter joias e muito dinheiro. Sua resposta foi: "Há ladrão pra tudo, meu filho".

Mas foi aqui em São Paulo que me convenci de que minha mãe estava realmente desequilibrada.

Uma tarde, eu estava em meu quarto lendo um romance, quando ouvi gritos, que logo percebi serem de minha mãe. Saí do quarto correndo e dei de encontro com ela no corredor. Estava nua e gritava sem parar.

Lola veio correndo da cozinha e, quando viu minha mãe nua, foi ao banheiro pegar uma toalha. Notei que ela tinha o rosto, os braços, as mãos e as pernas chamuscadas. Lola a cobriu e a levou para seu quarto. Quando se sentou na cama, perguntei-lhe:

– Mãe, o que você fez?

Eu logo imaginara que ela fizera alguma asneira. Provavelmente tentara se suicidar.

– O que aconteceu, mãe?

Com o olhar de uma criança que fez alguma coisa que não devia, ela me respondeu:

– Fui desinfetar a banheira com álcool...

– Desinfetar?!

– É.

– Tá bom.

Mentiu, é claro. Para desinfetar a banheira, não era preciso tirar a roupa.

– Vou levá-la ao pronto-socorro.

– Não.

– Você tá muito queimada.

– Mas isso passa, Antônio Carlos – e tentando sorrir: – Não vá me chamar de churrasquinho, hem?!

– Seja como você quiser.

Fui para meu quarto. Sentei-me na cama e fiquei meditando no que poderia ter acontecido e no que estaria por vir. Pô! Morar com uma pessoa que pode estar mentalmente desequilibrada é fogo. Ainda mais quando é a mãe da gente. Se ela fosse outra pessoa, eu diria logo: "Olha, dona, procure um psiquiatra urgentemente". Mas eu sabia que se dissesse isso, ela me daria a resposta que sempre dava a meu pai quando a aconselhava a ir ao médico: "Cuide de sua vida e pare de me enervar".

Jantei na cozinha e minha mãe no quarto.

À noite, eu estava na sala assistindo ao jornal na televisão e vendo mães chorando pelos seus filhos mortos, e tive pena de minha mãe. Levantei-me e fui ao seu quarto. Ela estava de maiô, esticada na cama, com o rosto, os braços e as pernas cobertos com pomada.

– Mãe, tá precisando de alguma coisa?

– Eu?

– É.

– Por quê?

– Essas queimaduras...

– Isso passa. Olha, nunca mais vou desinfetar banheira com álcool.

Voltei para a sala, mas não consegui assistir à televisão. Fiquei parafusando: "E se a velha estiver ficando pirada? Já vi filme em que, de uma hora para outra, uma pessoa pega um revólver e sai dando tiros em todo mundo". Acendeu a luzinha: "E se ela tiver um revólver escondido?".

No dia seguinte, fiquei estudando minha mãe. Ela estava triste, não conversou nem com Lola nem comigo. Ao morrer da tarde, pediu-me que lhe passasse pomada nas queimaduras.

– Pede pra Lola, mãe. Eu preciso estudar.

Era mentira. Eu não precisava estudar coisa alguma. O que não queria era ficar perto dela. Pressenti que estava deprimida. Mas ela insistiu:

– Antônio Carlos, me ajude. Preciso de alguém que me socorra e só você e Lola podem me ajudar.

– Eu vou chamar Lola.

– Deixe-a. Ela tem que fazer o jantar.

Comecei a passar-lhe a pomada e ela se pôs a lamentar a vida que tivera. Meu pai jamais a amara, seus irmãos a haviam abandonado, seus pais tinham-na impedido de ser uma atriz, Heraldo, meu irmão, a detestava e Mírian jamais a compreendera e sempre a culpara pela separação de meu pai.

– Acho que Mírian não pensa assim, mãe. Você não é culpada de nada.

– Talvez seja. Fracassei como esposa e mãe. Como esposa, não me lamento. Seu pai sempre foi um grosso. Nosso casamento foi um erro.

– E os filhos são filhos do erro. Logo, são errados.

– Não, Antônio Carlos, você é o único que me compreende. Mas também não posso reclamar. No fundo, sou uma fracassada. Minha vida é inútil.

– Não fale assim, mãe. Descanse um pouco, tá?

– Por que descansar? Não trabalhei. Não trabalho, não faço nada. Sou uma professora que nunca lecionou. Quer prova maior de inutilidade, meu filho?

– Você criava seus filhos.

– E seu pai alguma vez reconheceu isso? Aquele miserável!...

– Descanse, mãe. Tenho que pôr as matérias em dia.

Menti, é claro. Que matéria teria que pôr em dia, se ninguém estava dando matéria na escola? O que eu queria era sair de perto de minha mãe. Suas queixas sempre me deixaram deprimido. Acho até que sou um sensitivo. É só encostar num cara que está na pior e logo fico ruim. Já andei lendo alguma coisa sobre isso. O que vemos do ser humano é a matéria, mas ele é mais um campo energético. Se um sujeito com vibrações negativas se aproxima de um sensitivo, este logo sente que seu sistema se desregulou. Às vezes, sinto isso quando fico muito tempo perto de minha mãe. E, perto de meu pai, a desregulagem ocorre em segundos.

No meu quarto, fiquei imaginando uma estratégia para revistar a casa. Não sei por que, mas alguma coisa me dizia que minha mãe possuía uma arma, a qual poderia usar quando a depressão aumentasse.

Vasculhei a casa toda, menos o quarto dela. Não achei arma alguma. Fui ao quartinho de Lola, no quintal, e disse-lhe que ficasse de olho em minha mãe.

– Minha mãe não anda bem da cuca, Lola.

Ela me encarou com um ar de superioridade que estranhei e respondeu:

– Acho que é você que tá ruim da cuca.

Faltava revistar o quarto de minha mãe. Mas como poderia fazê-lo, se ela não dormia? De meia em meia hora eu olhava pela fresta da porta, na esperança de ver o abajur apagado. Qual o quê. Até que lá pelas duas horas, entrei no quarto e fui na ponta dos pés ver se minha mãe estava dormindo. Felizmente, dormia. Notei a cartela de comprimidos no criado-mudo e percebi que ela tomara um calmante.

Remexi as gavetas do guarda-roupa e encontrei um revólver. Saí devagarinho e voltei ao meu quarto. Acendi a luz e vi que o revólver estava carregado. Tirei as balas e as escondi no bolso de um paletó. O revólver, coloquei-o dentro de uma caixa de som. Fiquei imaginando qual seria a melhor alternativa para me ver livre da arma: vendê-la, guardá-la para um dia dá-la ao meu irmão Heraldo ou entregá-la ao meu pai? Talvez o revólver até fosse dele. Então, por que ele não o levara? Esquecera.

Esquecer um troço desse? Será que ele não o deixou na gaveta de propósito, para um dia minha mãe se matar? Velho sacana! O melhor seria dar ao Heraldo quando aparecesse. Mas ele apareceria? Depois que se formou em Agronomia, arrumou um emprego em Mato Grosso e nunca mais deu notícias. Sempre foi um cara cheio de problemas. Quando se formou, estava numa daquelas fases críticas em que não conversava com ninguém. E vender? Pra quem? Não, não ia dar certo. O certo era dormir.

5

No dia seguinte telefonei para meu pai.

– Pai.

– Quem fala?

– Seu filho, ora. Quem podia ser?

– Sei, sei. O que você quer?

– É um problema.

– Sei.

– Como você sabe se eu não lhe contei nada?

– Estou com um cliente na cadeira. É dinheiro, não é?

– Não é nada disso.

– Então, o que é? Fale.

– Mas você não me deixa falar!

– Fale rápido.

– É muita coisa. Posso passar em seu apartamento?

– Tá.

– Que horas?

– Lá pelas oito.

– Ok.

Nunca fui capaz de dialogar direito com o velho. Ele é um cara que vive nervoso, faz tudo correndo, parece que a gente o atrapalha só de estar perto dele. Eu queria falar do caso da banheira e do revólver e não disse nada. Depois, fiquei pensando: "Esse coroa está separado de minha mãe, gostaria de vê-la morta, não vai nem me ouvir. Será que é mesmo uma boa falar com ele e dar-lhe o revólver?".

Fiquei imaginando o que iria dizer ao velho. E se ele não quisesse ficar com o revólver? E se dissesse que não tinha nada a ver com os problemas de minha mãe? O que eu responderia? Que ele não queria saber de minha mãe, isso eu estava cansado de saber.

Uma noite, eu passava com Arnaldo pela rua Henrique Schaumann e vi meu pai com uma dona entrando numa pizzaria. Por certo, iriam comer primeiro uma *pizza*. Que velho sacana! Bem, ele estava na dele. A gente é que sempre teve preconceitos. Eta moralzinha interiorana! O pessoal pensa que você, vindo pra São Paulo, logo muda seus pensamentos e atitudes. Não é bem assim. Alguma coisa do passado não muda. Além do mais, era meu pai quem estava com outra mulher e eu vivia acalentando o sonho de ver meus pais juntos. Por que não desejar vê-los unidos novamente? Minha mãe tem suas crises, mas até que ela é bacana. É bonita, apesar de um pouquinho gorda. Quando entra em depressão, fica melhor que quando está com manias, porque fica dócil como uma pombinha de asa quebrada que a gente está tratando.

Uma vez, em Itu, peguei no quintal uma pomba que tinha uma asa partida. Amarrei um pedacinho de taquara na asa e ela ficou minha amiga. Só que quando sarou, se mandou e nunca mais voltou para me agradecer. A minha mãe é igual àquela pombinha. Quando fica deprimida, tudo que a Lola faz por ela, a Mírian (quando aparece) e eu, ela agradece setecentas e oitenta e quatro vezes. Dá até raiva. Mas é só ficar melhor, e lá vem ela com suas manias. “Precisa rezar antes de dormir. Não vai estudar? Esse Arnaldo é gente boa mesmo? Por que você não conversa comigo? A gente precisa sair, viajar. Telefone pro seu avô pra saber como está. Abaixa esse som. Onde você andou? Isso são horas de chegar em casa? Com quem você saiu? Ligue para Mírian e pergunte se ela já se esqueceu de nós. Me lembre de escrever pro Heraldo. Telefone pro seu pai e pergunte se ele não vai mandar o dinheiro...”

O meu pai também não regula direito. No tempo que morava conosco, vivia dizendo que precisava fazer cursos, que minha mãe o amarrava, que ninguém o entendia, que trabalhava como um burro de carga, que nós só sabíamos gastar dinheiro... E sempre terminava as explosões temperamentais com sua frase predileta: “Um dia vou-me embora desta casa e não volto mais". Parece que ele vinha almoçar em casa só para brigar com todo mundo. Por isso um dia lhe sugeri que almoçasse no centro.

– Você perde muito tempo subindo e descendo essa miserável Rebouças.

– Tem razão. Brevemente, passarei a almoçar, jantar e dormir na cidade.

Ele queria dizer no centro. E não é que o velho deu no pé! Foi triste, mas gozado.

O Dr. Sidney, meu pai, estava numa crise delirante e minha mãe numa maníaca. Discutiram sei lá por quê. Ele a xingou de tudo o que há de mais sórdido neste mundo e deu-lhe umas bofetadas. Ela respondeu à altura: quebrou um abajur (de estimação) na cabeça dele.

Vendo aquela cena chocante, pulei entre os dois, tentando parar a briga. Hábito de infância. Levei a pior: umas bofetadas de meu pai e um pontapé de minha mãe. É o que todo mundo diz: "Em briga de casal a gente não deve se meter".

Bem, meu pai venceu. Minha mãe sentou-se no sofá e pôs-se a chorar desesperadamente, enquanto o Dr. Sidney mandava Lola colocar suas roupas numa mala.

Foi uma cena lamentável, chocante, que me fez lembrar de um filme em que um cara pirado atira na mulher neurótica uma máquina de escrever (ela era escritora). Também já li (eu leio muito) que esquizofrênico casa com esquizofrênica e nascem adoráveis esquizofreninhos, que são detestados pelos pais. Ainda bem que isso só acontece com a maioria.

Estou dando uma de intelectual (ou intelectualoide) porque na escola os professores pensam que todos os jovens têm merda na cabeça e os colegas não ligam muito para mim. É que eu sempre gostei da natureza, de animais e das artes, e quando vou conversar com os colegas, eles só falam tolices. O Nelson só pensa em pichar muro. O Roberto só fala em mulher e já ando desconfiado que no fundo ele é meio efeminado. O Carlos vive sonhando com motos. O Sérgio não diz coisa com coisa desde que começou a fumar maconha e passou a rotular meio mundo de babaca. Ele pensa que é o rei da cocada preta. Bom, se eu for citar toda a turma da minha classe... Na verdade, só dá pra trocar ideias com o pessoal mais velho, como o Arnaldo.

Pra encerrar, dias após a briga de meus pais, D. Rosalva, minha mãe, tentou reconquistar o velho. Telefonou-lhe seguidas vezes e ele não quis saber dela.

6

Fui com o revólver falar com meu pai.

– Pai, o negócio é complicado.

– Já sei.

– Como você sabe, se eu não lhe contei coisa alguma?

– Pombas! Você só me procura quando tem algum abacaxi pra eu descascar.

– Não é um abacaxi. É um revólver – e tirei a arma do bolso da jaqueta.

– Revólver?! – ele deu uma recuada e apontou o sofá. – Sente-se.

Fiquei olhando o apartamento do velho e me perguntando: "Quem é que ele traz aqui? Será que já esqueceu minha mãe? Será que eu não estou atrapalhando algum plano dele? Será que ele não tem um encontro marcado?".

– Pai, nem sei como começar.

– Pelo começo.

– Claro, né? Bem, eu achei este revólver numa gaveta do guarda-roupa de mamãe.

– Mas esse revólver é meu!

– Foi o que pensei. Mas estranhei estar em casa.

– Me esqueci. Saí apressado. Você sabe como foi, não?

– Claro que sei.

– Eu estava ruim da cabeça.

– E agora, como vai?

– Puxa, Antônio Carlos, a vida não é brincadeira. Você sabe, eu trabalho numa área muito especial e estou com poucos clientes.

– Sei.

– Você sabe, sou ortodontista.

– E dos bons.

Ele deu um risinho de quem gostou e continuou:

– Você já reparou que diminuiu barbaridade o número de pessoas com aparelhos nos dentes?

– Não reparei.

– Sabe, Antônio Carlos, eu não abandonei aquela velha ideia.

– Qual?

– Montar uma indústria de aparelhos anelados. Eu poderia fabricá-los pela metade do preço. Você já pensou o que eu iria faturar? O diabo é o capital, porque criatividade sempre tive. Você também é muito criativo, pensa que não sei?

Balancei a cabeça meio sem jeito, ele prosseguiu:

– Sei muito bem. Mas, como eu dizia... Vire esse revólver pra lá.

– Está sem balas.

Ele deu um sorriso.

– Como eu dizia... O que é que eu dizia?

– Sobre os aparelhos.

– Não, não, sobre a indústria. Isso, a indústria. Estou vendo se acerto um sócio. Eu...

E ele continuou falando dele e de seus sonhos, até que a certa altura, não aguentando mais o monólogo, brequei-o:

– Pai, e o revólver?

O telefone tocou. Ele foi atender e só respondia "sei, sei, sei". E eu ali no sofá como um tonto. Pensei: "Devia ter jogado esta droga no rio Pinheiros e não ter vindo aqui". Ele voltou do telefone e foi se explicando:

– É um amigo, sabe?

Olhei para ele com cara de quem acredita só por obrigação. Imagine se era um amigo. Devia ser uma fulana.

– E o revólver, pai?

– Deixe aí na mesinha. Mas, como eu ia dizendo...

Ele não estava dizendo coisa alguma. Estava era ansioso pra se mandar. Talvez tivesse um encontro com aquela dona da pizzaria, boa por sinal. E eu ali, atrapalhando o velho. Resolvi que devia dar no pé. Afinal, ele era e não era meu pai. Não tinha que ficar conversando comigo. Aliás, ele nunca foi de conversar.

– E que você acha de minha ideia de montar uma indústria?

– Você consegue a grana?

– Tem um cara interessado. Mas...

– Pai.

– Hem?

– Tenho que ir.

– Já?

Que sacana, o velho. Ele estava louco pra me ver pelas costas e fazia cara de tristeza. Um ator de verdade.

– Tenho que ir.

– Tá. Foi bom vê-lo, meu filho.

Pensei: "Será que ele não vai perguntar nada sobre minha mãe?".

– E sua mãe, como vai?

Se eu fosse falar tudo sobre a coitada da minha mãe, ia ser uma encheção de saco sem tamanho. E no fundo eu também estava aflito para sair dali. Nunca fui capaz de conversar com meu pai mais que alguns poucos minutos. Ele sempre foi um tipo esquisito. Você falava com ele sobre o tempo e ele respondia sobre as ações da bolsa. Era só eu ter um problema e expor-lhe e lá vinha a resposta de sempre: "Isso não é problema, meu filho. Você logo o resolverá". Eu não resolvia coisa alguma e acabava ficando num baixo-astral. Outras vezes, quando eu me queixava da vida, ele sapecava seu ditado preferido: "Se os jovens soubessem e se os velhos pudessem...".

Levantei-me e disse até logo. Ele fixou seu olhar nos meus olhos e eu abaixei a cabeça. Pô! Não gosto que fiquem olhando nos meus olhos. Parece que as pessoas querem sondar o que vai na minha alma. A não ser Dorinha, mas ela é um caso especial.

– Você tem algum problema, Antônio Carlos? – perguntou-me o velho.

Tive vontade de rir e berrar: "Tô cheio de problemas!". Mas fiz "não" com a cabeça. É isso mesmo: quando a gente vai ficando adulto, vai aprendendo a mentir. Não é sim, e sim é não. Então, por que não ensinam a gente a ser sacana desde o início da vida?

Ele abriu a porta e, quando pus o pé no corredor, chamou-me. Virei-me e ele me deu uma nota.

– Não precisa, pai. Mamãe sempre me dá dinheiro. Parte do dinheiro que você dá pra ela, é claro.

– Tome, meu rapaz. Você é jovem, precisa viver a vida. Ainda mais com essa pinta de galã.

Peguei o dinheiro, agradeci e dei uma de ator:

– Você e mamãe são tão bons para mim. Ela me deu um novo gravador e agora você me dá essa nota.

Ele parou de sorrir, olhou pro forro, pôs a unha do dedão esquerdo no meio dos dois dentões da frente, como sempre faz quando está chocando uma ideia, e me disse:

– Você merece. Sempre foi bom nos estudos. Estive há tempos pensando que você merecia um bom presente. Já andei especulando o preço de um *notebook*.

– Pai...

– Não, senhor, fica prometido. Ainda vou lhe dar um.

Saí meio chateado. A história se repetia pela milésima vez. Desde menino, eu sempre soube tirar partido das disputas entre meu pai e minha mãe. Quando um comprava um par de tênis, eu ia logo mostrar ao outro para ganhar um par de sapatos. E nunca disse o que seria correto dizer: "Pô! Basta com essa rivalidade, quero amor". Não. Sempre aceitei esse jogo. E por quê? Porque no fundo sou um sem-vergonha. Não sei quem é o maior dos chantagistas, meus pais ou eu. Também, se eu dissesse a meu pai que tenho fome de amor, ele ia dizer uma daquelas frases feitas e estocadas há anos em sua cabeça: "Filho, amar é um verbo difícil de conjugar". E minha mãe? Ela certamente me questionaria: "Já te dei uma tonelada de amor e você quer mais, pra quê?". Eu gritaria que ela nunca soube o que é amor, que amar não é dar presentes. Droga, esses velhos são iguaizinhos. É por isso que se detestam.

7

Minha mãe piorava. Conseguira curar as queimaduras da pele, mas as cicatrizes de sua alma sangravam.

Com muito custo, consegui convencê-la a ir a um médico de clínica geral, pois, se eu dissesse que a levaria a um psiquiatra ou psicólogo, iria perder tempo e brigar. O médico diagnosticou esgotamento e receitou uma droga antiansiedade e vitaminas.

No início, minha mãe parecia ter melhorado. Mas logo caiu numa profunda depressão, culpando-se de tudo e dizendo-se velha e rejeitada por todos. Nas poucas vezes que saía do leito, andava arcada como se carregasse um pesado fardo nas costas. Mas era só começar a lamentar-se, Lola a levava para a cama, porque sabia que ia chorar e não deixá-la trabalhar.

No almoço ou no jantar, eu puxava conversa, mas ela só respondia com monossílabos: é, sim, tá, não, hum, ah...

Uma tarde, deu-lhe na veneta de ir à cabeleireira. Pra quê? Não sei, pois não ia a lugar algum em que houvesse pessoas preocupadas em observar seu cabelo.

– Quer que Lola vá junto? – perguntei-lhe.

– Sei andar.

– Mãe, faz tempo que você não sai.

– A cabeleireira é aqui perto. Obrigada por sua gentileza.

Tão logo ela saiu, mandei um *e-mail* para Mírian. Contei-lhe que nossa mãe estava num terrível baixo-astral e pedi-lhe para deixar um pouco seu namorado e vir dar-lhe uma mãozinha, quem sabe convencê-la a ir a um bom psicólogo.

Minha irmã veio num fim de semana e conversamos muito sobre nossos pais. Fui-lhe contando o que observara nos dois e ela foi dando nomes aos comportamentos deles e explicando suas causas. Em resumo, descreveu assim meus pais:

Meu pai é um homem que se considera fracassado. Ele não aprendeu que todos têm insucessos e que estes é que nos ensinam a viver. Sempre achou que vencer na vida é ter dinheiro e posição social, como seus irmãos de Presidente Prudente. Jamais desconfiou que o herói de nossa sociedade é um mito. Todos têm sucessos e fracassos. E como não se tornou um homem rico, foi aos poucos criando um mundo imaginário e passou a viver nele. Não pensa como qualquer outra pessoa, mas delira. Tem sonhos de grandeza e vive no futuro, com ideais que nunca realizará.

Minha mãe é uma pessoa que não foi amada em sua infância. É professora e nunca lecionou. Foi sempre podada pelo meu pai e, enquanto criava os filhos, vivia muito bem. Mas quando estes cresceram, ela descobriu que tinha vivido até então como escrava. Rebelou-se contra todos que julgava serem seus opressores, meu pai e meus avós. Separou-se de meu pai e quis ficar em São Paulo, distante dos parentes, que poderiam auxiliá-la a resolver seus problemas. Foi-se isolando e perdendo o contato com o mundo. Incapaz de viver o presente, ela passa o tempo todo recordando a mocidade que não foi boa como podia ter sido. Sente-se então infeliz e se afunda na depressão.

Fiquei admirado com a análise da personalidade de meus pais feita por Mírian. Com três anos de curso, ela já se revelava uma verdadeira psicóloga. Por isso pedi-lhe que me ajudasse.

– Como, Toninho?

– Diga-me, o que sou?

– É difícil dizer o que você é, Toninho. A gente nunca é, está sendo.

– Mas você descreveu tão bem nossos pais...

– Como você, eu sempre me preocupei em estudá-los. E depois que comecei a estudar Psicologia, fui encontrando mais facilidade para entendê-los. Quanto a você, só posso levantar hipóteses.

– Então arrisca, tá?

– Vou tentar dizer como o vejo agora. Você não vê nossos pais como modelos, é óbvio. Logo, muitas vezes está em oposição aos valores e ao estilo de vida deles.

– Estou.

– Então, você está tentando conquistar sua independência total e se sente preso por mamãe.

– É isso aí. Ela me prende por vários motivos. Eu não posso abandoná-la e necessito dela. Afinal, quem é que me sustenta?

– Você, Toninho, atravessa um período de crise. Está tentando concluir suas ideias e se definir perante o mundo. Será que acertei?

– Claro.

– É competente, afirmativo e descreve muito bem seus sentimentos. Mas é dominador, ou não?

– Talvez seja.

– Discute com os professores e relaciona-se só com companheiros que estão no seu nível intelectual ou acima dele. É inquieto e amoroso. Certo?

– Acho que sou tudo isso. Puxa, Mírian, você já pode se considerar uma psicóloga.

– Você sabe, Toninho, eu sempre estudei Psicologia mesmo antes de entrar no curso. Sempre que me isolava para evitar a hostilidade de mamãe, pegava um livro. Talvez, sem saber, eu tenha sempre procurado ser o oposto dela.

– Nossa mãe não foi um bom modelo pra você, né?

– Como papai não foi pra você.

– É, Mírian. Ultimamente tenho pensado nisso. Gostaria de ter tido um pai amigo, um companheiro com quem eu pudesse me abrir e que eu pudesse admirar. No entanto, meu pai sempre me colocou à distância. Como você diz, ele nunca precisou de ninguém, e a única pessoa que sempre amou foi a si mesmo.

– É verdade.

– Bom, tudo que você me disse é importante. Mas mais importante seria você convencer mamãe a ir a um psicólogo e me dizer o que posso fazer nesta situação em que me encontro.

– Vou falar com mamãe, pode deixar. E quanto a você, não sonhe muito. Com o tempo se libertará de nossos pais.

– De nossa mãe.

– Isso.

– Mas é difícil aguentar, mana. A barra é pesada.

– Vai levando. Depois, com 18 anos, você dará o rumo que desejar à sua vida.

– Já entendi. O mínimo de liberdade só se consegue depois dos 18.

– E o que você poderia fazer agora?

Fiquei sem resposta. Estou começando o Ensino Médio, não tenho profissão alguma. Se eu tivesse que trabalhar, ia ser quando muito um varredor de supermercado. Seria um começo. Mas minha mãe deixaria? Ela tem ideias burguesas. Diz que sou de família tradicional (Penteado) e tenho que me formar em Medicina. E mais: que trabalhar em qualquer emprego será perda de tempo.

Falei em Medicina. O que eu gostaria de saber é por que minha mãe insiste tanto que eu um dia deva ser médico. O Arnaldo, que está terminando o Ensino Médio, nunca foi influenciado ou pressionado pelos pais quanto à carreira profissional a seguir.

8

Eu acho o maior barato o jeito como os pais de Arnaldo o tratam. Eles moram aqui em Pinheiros num apartamento enorme, e quando vou lá não sabem o que fazer para mim. A gente senta no sofá para ouvir músicas e logo vêm Seu Júlio e D. Lúcia oferecer bebidas e bolachinhas. Depois batem aquele papo conosco. Querem saber dos nossos problemas e dos nossos programas para matar o tempo. O Arnaldo sempre diz que matar o tempo é sair com mulher. O pai dele sorri e a mãe o beija e diz: "Olha que eu vou ficar com ciúme". Mas não fica, é claro, como no tempo em que Arnaldo namorava Fri (o nome dela é Eufrides, mas se você a chamar por esse nome esquisito, é aquele auê). O namoro não deu certo, no entanto eles continuam numa boa.

Mas eu estava falando da mania de minha mãe de querer que um dia eu seja médico. Pô, ela nem imagina o que é a vida de um médico! Tenho um colega de classe, o Júnior, cujo pai é médico. Ele vive sempre dizendo que o pai não é pai dele, mas dos seus pacientes. Vive mais no hospital que em casa. Mas a mãe não atazana o Júnior. Deve ser porque ele tem dois irmãos e duas irmãs. Nesse caso, penso (mas posso estar enganado) que a mãe distribui aos cinco sua agressividade, seu ciúme e tudo mais gerado por frustrações e conflitos. Porém, não conheço a família do Júnior. Pode ser que seja legal.

Para dizer a verdade, só conheço direito os pais e os dois irmãos de Arnaldo. Os irmãos são menores, um de 14 e outro de 10 anos, que vivem puxando o saco do Arnaldo pra ele levá-los a um parque de diversões. Puxa vida, esses moleques já foram umas quinhentas vezes a parques e não desconfiam que o Arnaldo está com o saco cheio deles. Pode ser que eu diga isso só da boca pra fora. Bem que eu gostaria de estar no lugar do Arnaldo. Você já pensou ter dois irmãos para conversar e passear?

O Arnaldo é um cara legal pacas. E foi graças a ele que conheci Dorinha.

Um sábado pela manhã, Arnaldo apareceu aqui em casa pra me mostrar o carro novinho de seu pai. Depois me convidou para ir com ele ao Parque do Ibirapuera correr. Ele é chegado a um *cooper*, talvez porque tenha um pouco de barriga, o que não acontece comigo, que sou um bambu vestido. Aceitei o convite sem pestanejar (li essa expressão num livro na casa do meu avô em Itu). Aliás, quando o Arnaldo me convida para ir a algum lugar, aceito o convite na hora, pois ele é um cara fora de série, como já disse.

Fomos ao Ibirapuera e corremos uns quilômetros. Acho que corri uns quinhentos, porque meu coração disparou, e as pernas ficaram bambas. Cá pra nós, esse negócio de ficar correndo, gastando energia à toa não me agrada. Mas se você ficar dizendo "não" a torto e a direito, ninguém mais o convida pra coisa alguma.

Estávamos sentados e encostados no tronco de uma árvore, quando passou uma garota que também estava nessa de *cooper*. Arnaldo a chamou:

– Dorinha, meu amor, vem cá!

Levantamos e logo pensei que devia ser a nova namorada dele.

Ela se aproximou e eles se beijaram no rosto. Em seguida, Arnaldo me apresentou a ela:

– Dorinha, este é o Toninho.

– Oi.

– Oi.

Eles ficaram papeando e eu observando o rosto, o cabelo, o busto e a cintura dela. Fiquei ansioso por ver suas pernas, mas ela estava de agasalho.

– Estou perdendo gordura, Arnaldo. Isso não é uma beleza?

– Claro. Mas você já é bonita como é.

– Eu?! Rá! Rá! Rá! Sou muito gorda, Arnaldo – virou-se pra mim e perguntou: – E você, o que acha?

– Eu?

– É.

– Bem... eu...

– Já sei. Tá vendo, Arnaldo? Sou uma gorduchona, mas um dia...

Fiquei com vontade de pará-la e acabar com aquela frescura. “Olha aqui, garota, você é boazuda, tá sabendo? Vem cá que vou lhe pregar um beijo e dar-lhe aquela amassada”. E também me deu raiva do Arnaldo. Pô, ele só ria! Acho que foi por isso que ela disse logo tchau pra nós e se mandou por entre as árvores.

Perguntei a Arnaldo quem era ela. Ele me respondeu que Dorinha fora sua colega de classe no primeiro ano do Ensino Médio, antes de ele vir para Pinheiros. Disse mais: que era uma garota sensacional, inteligente e cabeça.

– Foi sua namorada, não mente.

– Não, Toninho. Sempre fomos bons amigos e nada mais. Mas você notou que ela se acha feia?

– Gorda.

Tornamos a nos sentar e fiquei pensando nela. Que garota! Alegre, amável, atenciosa e simples. Deu pra ver bem isso. Mas ela só falou em perder peso. Puxa vida, como uma garota dessas pode estar insatisfeita com seu corpo?

Perguntei a Arnaldo onde Dorinha morava. Ele respondeu que era ali perto, numa rua qualquer atrás da República do Líbano.

– Mas, por que esse interesse, cara? – e riu. – Já manjei. Gostou dela.

– Vou ser sincero. Ela é um barato.

– É.

– Gostaria de transar com uma garota desse tipo.

Eu falava a verdade. Desde quando briguei com Rita em Itu, nunca mais namorei.

9

Rita de Cássia foi um negócio sério.

Eu estava passando as férias de fim de ano em Itu na casa de meus avós. Estava com o saco cheio de ficar o dia inteiro dentro daquela casa mofada. Minha mãe só perguntava dos parentes, quem morreu, quem casou, quem teve filhos, quem está doente, quem construiu casa, quem se separou... Meu avô, no começo de arteriosclerose, irritava-se por qualquer coisa ("Menino, você não pode deixar os sapatos na sala"). E minha avó estava quase surda, só ouvindo o que realmente lhe interessava. Que família, hem? Tios e primos nem apareciam, com exceção do tio Alfredo e seu cigarro de palha. Eu acho que até hoje existe um problema relacionado com herança ou coisa desse tipo. Os Penteados não gostam de repartir nem o cabelo, vai ver que meu avô não passou aos filhos as suas propriedades, que não sei quantas são e nem me interessa saber. Também ele deu duas casas para minha mãe, quando ela se separou de meu pai. Por sinal, meus avós achavam meu pai um aventureiro do Oeste (a família dele é toda de Presidente Prudente) que vinha roubar não só uma moça prendada como uma fortuna acumulada por vários séculos pelos Penteados e Morais.

Então, como dizia, telefonei para Luciano e Tadeu, que eram meus amigos, e marquei encontro com eles no Ituano Clube. Depois iríamos ao Bar do Alemão tomar chope e comer alguma coisa.

Quando cheguei ao Ituano, Lu e Tadeu estavam na maior descontração do mundo com três gatas. E como Rita de Cássia era a que sobrava, não perdi tempo. Fomos para o salão, que estava na penumbra, peguei na mão dela, ela apertou a minha, encostei o rosto no dela e daí pra frente foi aquele festival de beijos e outras carícias que não vou mencionar, porque no fundo sou meio moralista.

Rita morava (e acho que ainda mora) nas Terras de São José. Você diz Terras de São José e o cara pensa que é um sítio. Mas é o mais chique condomínio do Brasil. Ou um dos mais chiques. Lá tem de tudo: hípica, golfe, quadras de tênis, de basquete, de vôlei e tudo mais que se possa imaginar. Aproveitei aquilo tudo até fins de fevereiro. O pai de Lu tinha carro e o Lu guiava sem carta mesmo. Sua namorada também morava nas Terras. A do Tadeu era do centro. Então, era todo dia nadar na piscina da casa de Rita e depois ficar amando.

Quando voltei pra São Paulo é que tudo ficou difícil. Eu ia lá às sextas à noite e voltava no domingo no ônibus das 21h30, o último.

Num domingo, despedi-me dela e dos colegas no Ituano e fui para a rodoviária. Quando cheguei, o ônibus já tinha partido. Pensei: "Não faz mal. Telefono pra minha mãe, vou ao Ituano, dou umas amassadas na Rita e volto pra São Paulo no primeiro ônibus de segunda-feira".

Passei na casa de meu avô e telefonei pra minha mãe.

– Mas que houve, Antônio Carlos?

– Perdi o ônibus, uai.

– Como?

– Perdendo. Cheguei atrasado.

– E agora?

– Durmo aqui e sigo no primeiro ônibus da manhã.

– Cuidado, filho.

– Tchau.

Fui para o Ituano imaginando o programão que faria com Rita no banco traseiro do carro do Lu. Mas quando entrei no salão onde tem o barzinho, vi Rita dançando agarrada e de rosto colado com um cara. Aproximei-me dela por trás e toquei no seu ombro. Ela se virou e eu lhe pedi explicação. Com o maior pouco caso do mundo, ela respondeu:

– Foi bom enquanto durou, Toninho.

Uma frase tão idiota como essa só merecia mesmo uma resposta imbecil:

– Vai tomar no...

O cara que estava com ela colocou-a de lado e deu-me um soco bem no meio do rosto. Fiquei zonzo, o sangue começou a ferver e dei o troco: um murro no seu olho direito. Agarramo-nos e nisso chegou a turma do "deixa disso". Um cara me puxou e disse que era melhor eu me mandar. Não discuti. Saí cabisbaixo. Eu, filho de D. Rosalva, neto do velho Penteado, brigando como criança...!

Na segunda-feira à noite, Lu me informou que o cara com quem eu brigara era um filho daquilo, mas que no dia que eu fosse lá a gente ia acertar as contas.

Tempos depois, voltei a Itu, mas com a cuca meio fundida. Vi Rita várias vezes de longe e pude perceber e sentir que ela foi importante na minha vida só naquelas férias. Ela tinha razão: foi bom enquanto durou. E se a gente se cruzar um dia, vou agradecer-lhe muito pelas aulas sobre relações heterossexuais (vi essa palavra no livro de Psicologia que Mírian deixou aqui).

10

Meti na cabeça que devia namorar Dorinha. Espera aí, tinha que conhecê-la melhor. Então, que fiz? Perguntei ao Arnaldo qual era o nome completo dela: Dora Corrêa Matoso. E achei um Matoso numa rua do Ibirapuera.

– Desejo falar com Dora. Ela está?

– Quem quer falar com ela? – era uma voz de criança.

– O namorado dela.

– Alô – era ela.

– Oi.

– É você, Renato?

– Infelizmente, não sou o Renato.

– Mas quem fala?

– Um jovem.

– Olha, se é trote, vai levar um palavrão, seu...

– Pare! Dorinha, sou eu.

– Eu quem?

– Toninho.

– Que Toninho?

– O amigo do Arnaldo que você conheceu no Ibirapuera. Lembra-se?

– Ah... sei... sei...

– Olha, Dorinha, vou ser sincero. Você é linda, maravilhosa e é pena que haja um Renato em sua vida.

– Mas...

– Não, não há problema algum. Um dia a gente se vê, tá certo?

– Toninho...

Desliguei.

Pô! Será que eu devia ter desligado? Ela ia dizer alguma coisa. Me perdi quando ouvi "Renato". Por sinal, o que eu já tive de decepções com os Renatos da vida...

Um desses Renatos é um colega de classe. Ele é profundo conhecedor de automobilismo e motociclismo. E como eu gosto de automobilismo, uma vez me convidou para ir com ele a Interlagos assistir a uma corrida de Stock Car. Gosto mais de Fórmula 1, mesmo que seja na televisão, mas não podia deixar de fazer companhia ao Renato. É aquela velha história: se você diz "não", o cara não o convida mais para nada. Além do que eu já andava saturado desse negócio de barzinho, lanchonete, encontros em casa de amigos.

Fomos de ônibus, o que é de lascar. Não aguento mais andar de ônibus. Bem que minha mãe podia comprar um carro. Mas neurótica como ela é, ia dar batida todo dia. Todavia, quando eu tiver 18 anos, vou ter uma moto ou um carro, ah isso vou. Quem sabe minha mãe me dê um carro de presente. Não sei como andam as finanças dela, mas acho que está sentada na grana. Ela rapou o meu pai. Todo mundo diz que mulher é discriminada, vem ao mundo pra sofrer e todas aquelas baboseiras. Mas em casos como o da minha mãe, que tem certo nível cultural (nunca neguei isso), no divórcio, a mulher sempre leva vantagem em termos econômicos. É por esse motivo que não tenho muita raiva do meu pai. Naquela vez que o vi entrando com uma dona na pizzaria, fiquei contrariado, ferido, magoado. Depois, meditando bastante, concluí que o Dr. Sidney tinha direito a uma vida feliz.

Vidaço no duro deve ser a do Renato, esse com quem fui a Interlagos. Não esquenta a cuca por nada. Bom, ele tem 18 anos e faz o que quer. Quando os pais começam a torrar sua paciência, ele apronta um auê dos diabos e ameaça sair de casa.

Mas eu ia dizendo que fomos de ônibus a Interlagos e logo que chegamos ficamos decepcionados com o público.

Veio a corrida dos "hots" e eu dei uma cochilada.

Quando o Renato me acordou, ia começar a de "stocks", mas o filho da mãe me acordou por outro motivo.

– Toninho, acorda.

– Hem?

– Eu vi uma gata que vou te contar. Tô há muito tempo atrás dela. Guente firme aí que volto já – e ele foi atrás da gata.

A gata estava num grupinho de três garotas e dois rapazes, todos com tamanho e cara de 18 anos ou mais.

O que eu podia fazer? Fiquei assistindo à corrida sozinho, enquanto Renato conhecia as curvas da gatona.

Acabou a corrida e Renato saiu com ela sem se despedir de mim. Ele abanou a mão de longe só pra não dizer que me esquecera. Engoli o ódio e cortei esse Renato da minha lista. Antes desse, já tinha cortado outros. Gozado, parece que Renato é nome de cara convencido, metido a besta. Nunca vi um Renato que não andasse de peito estufado e cabeça empinada, como a dizer: "O galo aqui sou eu". E o pior é que as frangas vão atrás do galo.

E a Dorinha, hem?

11

Foi num daqueles dias do período maníaco de minha mãe. Quando voltei da escola, ela me disse que íamos começar com a macrobiótica.

– Tudo bem, mãe. Tá na moda.

– Não é por isso. Encontrei uma amiga dos tempos de Itu e ela parecia ter vinte anos.

– Trinta, vá.

– Trinta. Perguntei-lhe o segredo de sua juventude. E sabe o que ela me respondeu?

– Macrobiótica.

– Como você sabe?

– Você já falou nessa tal de macrobiótica.

Comecei a imaginar o futuro: ioga, incenso oriental e meditação.

– Experimente, que você vai gostar.

– Gostar?! Isso é capim.

– Algas japonesas. Mastigue devagar.

Eu estava comendo como tartaruga, não por motivos macrobióticos, mas porque o arroz integral estava intragável e os bolinhos de soja horríveis.

– Tome.

– O que é isso?

– Chá sem açúcar. Tome.

– Não quero.

– Tome!

– Mãe, não quero.

– Tome!

Fiquei nervoso e me descontrolei. Levantei-me, disse à minha mãe que ela não tinha o que fazer, que, se tivesse sido professora, sua vida seria bem melhor, que tinha hora que eu dava razão a meu pai de viver longe dela, que devia ter ouvido Mírian e procurado um psicólogo e que o que ela realmente precisava era de um homem. Quando eu disse essa última frase, ela se ergueu, me olhou feio, seus olhos foram crescendo e aí veio o que era esperado:

– Você é igual a seu pai. Estúpido, grosseiro, imbecil!

– Pare, mãe!

– Não sou sua mãe! Sou uma estranha. Você não me tem amor. E eu que te criei com tanto carinho... – sentou-se. – Quando você era pequeno... – e começou a chorar.

Sem jeito, me desculpei:

– Desculpe, mãe. Mas é que... que...

Ela saiu da mesa e foi para seu quarto. Eu, para a rua.

Eu fiquei andando pela Rua Teodoro Sampaio, vendo vitrines e o pessoal que passava (90% de velhos). Mas, para minha alegria, entre os 10% de jovens vi o Goldman, o nosso homem de ouro, colega de classe, um judeuzinho que tem crânio. Basta dizer que ele considerava a política em Israel um absurdo. Era contra o governo.

– Olá, Goldman.

– Oi.

– O que você está fazendo?

– Estou fazendo cobranças.

O pai de Goldman tem uma lojinha de móveis na Teodoro Sampaio e eles residem no Alto de Pinheiros. São ovelhas desgarradas do Bom Retiro.

– Que tal a gente ir nadar no Ibirapuera? – eu me referia ao Centro Esportivo, onde sempre vou porque o pessoal lá é muito simples e porque meus pais não são sócios de clube algum.

– Eu tô a fim. Você me espera que volto daqui a meia hora.

Como eu não tinha almoçado, entrei numa doceira da Pedroso de Moraes e comi três doces. Depois, fiquei olhando as donas que passavam. Puxa vida, 90% das mulheres tinham varizes e 80% dos homens não tinham cabelo. A que atribuir isso? Poluição, correria, má alimentação, falta de esportes...

No fim da Avenida Brasil, havia um engarrafamento. Batida feia de três carros.

Goldman e eu descemos do ônibus. Demos uma olhada nos carros acidentados e esperamos para ver se os donos brigavam, mas era gente fina. Então resolvemos ir a pé ao Centro Esportivo. Adiantava ficar reclamando de tudo e de todos? São Paulo é assim mesmo, uma loucura. E funciona. Isso é que é milagre.

Lá no Centro, por causa do calor, tinha gente que não acabava mais. Goldman e eu nadamos um pouco e nos sentamos na beira da piscina. Ficamos olhando as garotas. De repente, Goldman veio com uma pergunta estrambótica (vi essa palavra num livro do meu avô em Itu e no dicionário está que é sinônimo de escalafobética).

– Toninho, você tem-se masturbado muito?

– Hem?

Pô, o Goldman podia falar de tudo, menos disso. Tem cabimento você passeando com um amigo pela Rua Direita, em pleno centro velho de São Paulo, e, sem mais, ele pergunta se tem comido muito macarrão?

– Eu tô preocupado, Toninho.

– Com o quê?

– Com esse negócio de masturbação.

– Por quê?

– Será que não faz mal?

O Goldman tem 15 anos e não tem orientação nenhuma em casa. Eu também não tenho, mas leio muito e pergunto aos amigos tudo que desejo saber sobre sexo. Bem, isso hoje não é novidade. Mas talvez o Goldman tivesse suas razões. Nunca vi um livro que tratasse a fundo esse negócio de masturbação, que pra nós tem outro nome, que não vou mencionar. Aliás, não gosto de palavrão e nem de gíria.

Eu poderia dizer alguma coisa assim ao Goldman: "Olha, Gold, masturbação é como coçar. Não faz mal. No entanto, você precisa fazer amizade com jovens de mais idade e eles vão te levar às bocas, entende?". Ele ia dizer que não entendia. Coitado, vive muito só e talvez por ser de origem judaica ache que é um sujeito diferente, sei lá. Também poderia dizer-lhe que não se preocupasse, que estamos no século XXI, que ele é o dono do seu corpo e podia fazer o que quisesse com ele, esses troços que li num mundaréu de livros e revistas (eu leio muito). Mas só de raiva, respondi:

– É... Pode ser que faça mal.

O Goldman começou a piscar (é um tique dele) e aí fiquei condoído.

– Olha, Gold, dá uma parada, tá? Eu já passei por essa fase – menti, porque ainda estou nela – e tudo muda depois que você fica conhecido aí das garotas e arranja amigos que têm carros.

Ele estava vermelho como pimentão maduro e piscando sem parar. Pensei: "O que será que se passa pela cuca do Gold? Não fui legal com ele". Então o acalmei:

– A próxima vez que eu for sair com garotas te dou um alô.

Ele ficou alegre.

– Convida mesmo?

– Claro.

– Eu vou te cobrar.

– Pode cobrar.

Ele deu um berro e pulou na água.

O papo com Goldman me irritou um pouco. Eu disse tudo aquilo pra ele, mas não sei se o que falei é o certo. Às vezes me pergunto se gastar energia se masturbando não altera a estrutura genética do corpo. Talvez uma ou outra vez não faça mal. Mas, como não se masturbar? Taí um problema que a sociedade vai demorar pra resolver.

Fui à lanchonete, enquanto Goldman nadava. E quando entrei na fila para tirar a ficha de um hambúrguer, vi Dorinha, que estava sentada num banquinho e comendo um sanduíche.

Saí da fila e fui falar com ela. Sou meio tímido, mas não idiota.

Ela estava de maiô (que pernas!).

– Oi. Lembra-se de mim?

– Sim. Quer? – e mostrou o hambúrguer.

– Não, obrigado. Será que você se lembra mesmo de mim?

– Sim. Você estava com o Arnaldo no Ibirapuera.

– Exatamente. Sou o Toninho. Você não se esqueceu, hem?

– Não. Ainda mais porque você me telefonou outro dia e desligou quando eu ia falar.

– Você falou. Pensava que eu era seu namorado.

– Que namorado?

– O Renato.

– Ah... o Renato. Ele é meu primo – e ela deu uma risadinha.

– Primo?!

Sentei-me no banquinho.

– Coma alguma coisa, Toninho.

– Sabe, Dorinha, eu tô mais a fim de levar um papo com você, se é que esse Renato é só primo.

– Ele é um gozador.

– Vamos sentar no banco lá fora – convidei-a.

– Com esse sol?

– Vamos a qualquer lugar. Quero falar com você.

– Fale.

Sou um cara fechado, introvertido, como disse uma vez o Bartô, aquele psicólogo enganador, mas tem hora que eu falo pelos cotovelos. É quando estou nervoso. Ah... aí eu falo sem parar e alto.

– Pô, vamos sair!

Ela me olhou espantada. Deve ter pensado: "Esse cara deve ser debiloide". Mas saiu comigo.

Achamos um banco vazio à sombra de uma árvore. Um milagre. Sentamo-nos. E antes que ela começasse a falar e eu me encabulasse, soltei tudo que estava na cuca:

– Já que você não tem namorado, vou lhe falar o que estou pensando há dias.

Ela arregalou os olhos.

– Então fale.

– Quero te namorar.

– Eu?!

Esse "eu?!" dela foi meio estudado. No fundo, ela já tinha manjado tudo. Foi o que deduzi depois de conhecê-la melhor e saber que ela tem muita coisa na cabeça. É intelectual mesmo, apesar de ter só 17 anos.

– Sim, por que não?

– Não é bem assim, Toninho. Eu estou passando por uma crise terrível.

– Eu também. Todo mundo está.

– Como?

– Sei lá. De repente você percebe que não é criança e também não é adulto. E daí, vai viver onde? Já estou cansado de lanchonete, barzinho, conversa de moto, balada e tudo isso.

Percebi que estava falando demais e parei. Puxa, mas eu ao lado dela me sentia tão bem que tive vontade de falar mais, abraçá-la e beijá-la. Me controlei.

– Mas que crise é essa, Dorinha?

Ela cortou o papo:

– Estou num baixo-astral. Quem sabe um dia a gente fala sobre isso.

– Ok.

Notei que ela ficou triste e suas mãos começaram a tremer. Pensei em continuar a conversa, mas nada disse. Fiquei olhando para o Hospital do Servidor e imaginando as doenças dos pacientes de lá: tumor no cérebro ou no fígado, úlcera no estômago ou no duodeno...

– Bem, Dorinha, vou chegando.

– Já?

– É... Você não está bem, né?

De fato, ela estava bem diferente da Dorinha que conhecera no Parque do Ibirapuera, expansiva e sorridente. As mulheres têm seus dias, né? Mas se ela estava de maiô e nadara, não devia estar num daqueles dias. Vá entender essas mulheres...

Levantei-me e fiz menção de ir embora. Foi uma jogadinha. A cara era de quem se despedia, mas os pés estavam bem grudados no chão.

– Então, tchau.

Ela se levantou e respondeu com um "tchau" quase que imperceptível.

Fui-me vestir, pensando nessa garota e imaginando que tipo de crise estaria vivendo.

Quando estava na Rua Pedro de Toledo, me lembrei do Goldman. Voltei e o vi no maior papo do mundo com uma gatinha morena. Fiquei com certa inveja dele, mas a vida é assim mesmo: "A sorte é pra quem tem e não pra quem quer". Foi o que pensei. E logo saquei: "Pra ter um pensamento idiota desses é porque você, meu caro Toninho, também está na pior".

Ao chegar em minha casa, eu não queria nem ver nem falar com ninguém. Tranquei-me no quarto e fiquei lendo O *apanhador no campo de centeio* até pegar no sono.

12

Após essa malograda tentativa de conquistar Dorinha, tive tanta coisa pra fazer que a esqueci. Não foi por querer, não. É que entrei numa semana de provas e resolvi dar uma estudada. Vi bem como é que o Arnaldo faz. Quando chega o período de provas, ele esquece o mundo e larga o pau. Quem quer ser alguém nesta porcaria de sociedade tem é que rachar. Rachei mesmo. Fui de sábado até a madrugada de sexta-feira estudando. Aproveitei também para fazer uns lembretes, vulgarmente conhecidos como colas. Sem eles, não se sai da escola. Puxa, estou ficando sem-vergonha mesmo. Há algum tempo eu nem sonhava que faria colas. Não faltava a nenhuma aula, sentava na primeira carteira e era sempre o primeiro a entregar a prova. Ultimamente, porém... Mas eu tenho minhas razões. Não gosto de Matemática, Física e Química. O que posso fazer?

– Você tá perdido – me disse um dia Júnior, filho de médico famoso.

– Uai, por quê?

– Em tudo quanto é vestibular entram essas matérias.

– É mesmo, né?

O Júnior também pensa em fazer Medicina. Se fizer, pode ser que acabe por levar uma vida igual à do pai. É um cara inteligente, que pensa meia hora pra falar nove palavras.

– A não ser que você faça vestibular pra Direito.

– Não entram essas matérias?

– Acho que não.

Foi por causa desse papo com o Júnior que resolvi perder a vergonha e fazer cola de Matemática, Física e Química. Mas pra não ir pro inferno, redobrei o tempo de estudo de Língua Portuguesa e História.

Fui bem nas provas bimestrais e isso alegrou minha mãe, que começou a me tratar um pouco melhor. Ou seja, passou a não se intrometer na minha vida. Só um dia, ela me viu chegando depois da meia-noite (eu tenho uma chave da porta) e quis saber aonde eu fora. Menti-lhe que fora estudar na casa de Carlos, um colega. Quando me deitei, recriminei-me: "Canalha, você está mentindo mais que bula de remédio".

Disse que minha mãe passou a não mais se intrometer na minha vida porque fui bem nas provas. No fundo, não é nada disso. Ela se ligou de tal forma na macrobiótica, que pra ela o resto do mundo acabou. Sempre que chego da escola, ela já está na mesa. E é só eu me sentar, ela inicia a conversa com o número de minutos que está comendo: 35, 40, 45, 50...

– E não acabei, hem!

Entrei no jogo dela.

– Você é que está certa.

Felizmente, ela nem vê se estou ou não comendo o tal do arroz integral, o macarrão de trigo puro, o bolinho de soja ou a tal de alga japonesa. E eu não como quase nada. Vou à cozinha depois e mando pro bucho alguma coisa que Lola fez para si, pois ela também não engole a tal de macrobiótica.

Bem, eu não quero dizer que a macro seja ruim. Provavelmente, um dia serei macrobiótico. Mas o caso de minha mãe é questão de mania. Qualquer dia desses ela abandona. Seria melhor não abandonar, é claro. Todavia, D. Rosalva é imprevisível.

Vou dar uma de filósofo: lidar com adultos é muito difícil porque você nunca sabe direito o que eles pensam, sentem e querem. Hoje dizem "A" e amanhã o "A" vira "B". Eu os definiria como seres contraditórios e daria como exemplo a conduta da professora de Língua Portuguesa de minha escola. Um dia, repreendeu duas garotas que estavam conversando enquanto ela explicava como devemos empregar os pronomes (regras que já foram pro brejo há muito tempo). Disse uns desaforos às duas e as meninas não sabiam onde pôr a cara. Pois bem, dois dias depois as garotas estavam tão quietas que pareciam freiras. E não é que a professora resolveu implicar com elas?! Perguntou se estavam doentes. Em resumo, minha mãe melhorou e eu esperava que melhorasse mais ainda quando começasse a praticar a meditação transcendental. Ela tinha me avisado que depois de limpar o corpo com a macro, começaria a ioga e a meditação.

13

Minha mãe se fechou no quarto para meditar, mas deixou aberta a sua bolsa.

– Quando precisar de dinheiro, Antônio Carlos, pegue na minha bolsa. Mas não me tire a concentração, viu?

– Então deixe a bolsa na escrivaninha da sala.

– Sei.

Comecei pegando uma nota, depois duas e fui em frente. Ela nada dizia. Estranhei. "Essa velha está me experimentando." Foi só impressão. Ela estava mesmo fazendo viagens astrais.

Era sábado de manhã.

Telefonei para Arnaldo perguntando se ele sabia alguma coisa de Dorinha. Ele se assustou.

– Não, por quê? Houve alguma coisa?

– Não, não. É que nunca mais vi ela e, como você faz *cooper*, pensei que pudesse ter-se encontrado com ela.

– Chiii, rapaz, há vários sábados que não vou ao Ibirapuera. Já estou rachando pro vestibular, entende? O mundo pra mim acabou.

O Arnaldo também é meio exagerado. O mundo acabou... Pra mim, ele continua fazendo as mesmas coisas de sempre, mas em horas diferentes.

Esse telefonema não deu em nada, mas reforçou meu desejo de tornar a ver Dorinha. "Então telefone, seu burro."

– Alô.

– Pronto – era uma voz de criança.

– Quero falar com Dorinha.

– Vou ver se ela está.

(A história é sempre a mesma: a pessoa que atende vai lá e avisa à outra que querem falar com ela; a outra pede-lhe para perguntar quem quer falar com ela.)

– Quem quer falar com ela?

– Um astro de Hollywood.

– Alô, é o Renato?

– Oi, Dorinha, você só pensa nesse Renato! É o Toninho.

– Oi.

– Como faz tempo que não vejo você, resolvi saber de você, como vão as coisas.

– Que coisas?

– A vida, pô!

– Tudo bem.

– Ótimo. Era só isso.

– Toninho.

– Hem?

(Meu coração disparou.)

– Eu não fui legal com você naquele dia.

(Dei um risinho de galã de novela.)

– Esquece, garota. Tudo bem. Qualé? A gente se encontra qualquer dia.

– Isso.

– Isso o quê?

– A gente se encontra.

– Legal. Eu te pego na sua casa, lá pelas sete.

– Mas...

Desliguei o celular. Encher linguiça não é comigo. Nisso acho que tenho alguma coisa de meus pais. Quando eles brigaram pela milésima e última vez, depois de dez xingamentos, meu pai sapecou umas bolachas na minha mãe e ela nem disse "ai". Passou a mão no abajur (de estimação) e o quebrou na cabeça do velho. Os dois são esquentados. Acho que sou introvertido (o Bartô que disse), meio tímido, mas de vez em quando tenho uma explosão. Eu gostaria de ser mais calmo, controlado, ponderado. Mas não sou e estou começando a supor que não vou me modificar muito daqui pra frente. Os outros que me aturem como sou. Eu já aturo tanta gente, pô!

Há um professor de Física na minha escola que é duro de aguentar. Está sempre nervoso, irritado e agressivo. Noutro dia, eu lhe perguntei se através da Física a gente podia explicar a existência do espírito. Ele não me mandou praquele lugar por causa das garotas da classe. Pude imaginar isso porque ficou vermelho e respondeu:

– Física é coisa séria, meu rapaz. Vamos deixar de brincadeiras. Não gosto de espírito de porco.

Que brincadeira? Eu tinha lido uma página de um livro de minha mãe sobre religião e estava interessado no assunto. Ele bem que poderia ter dado outra resposta. É por isso que digo e repito: o mundo dos adultos é um mundo de esquizofrênicos.

14

Cheguei à casa de Dorinha às 7. Um menino atendeu o interfone:

– Quem é?

– É o Toninho. Quero falar com Dorinha. Você é irmão dela?

– Não. Ela é que é minha irmã. Vou chamar ela.

(Que moleque danado! Pequeno e já machista.)

– Oi, Dorinha.

– Oi. Vou já.

Ela abriu o portão.

– Como vai? – perguntei-lhe.

– Tudo bem.

– Vamos sair?

– Vamos. Mas aonde a gente vai?

– Lanchonete, bar, cinema, *show* ou ao jogo de vôlei aí no Ibirapuera?

– Cinema, tá bom?

– Ótimo.

– Espere um pouco que vou avisar minha mãe. Que horas a gente volta?

– Até umas onze, tá bom?

Ela foi avisar a mãe e demorou pra voltar ao portão. Saquei logo que a mãe devia estar fazendo oitocentas perguntas sobre mim, o cinema, o filme e sei lá mais o quê.

Tomamos o ônibus para o centro e fomos conversando. Deixei Dorinha falar à vontade. Então ela me contou que os pais viviam brigando. Ela e os dois irmãos, um de 6 e outro de 12, já não aguentavam mais. Fizera de tudo para ver se os pais se entendiam, mas não conseguira. Estavam mesmo a fim de se separar.

Percebi que ela não se sentia bem falando do pai, fiscal federal sei lá do que, e da mãe, professora também não sei do quê. Por isso mudei de assunto. Perguntei-lhe sobre livros, se ela gostava de ler. Ela respondeu que adorava e começou a citar os romances de que mais tinha gostado. Citou uns dez, eu não conhecia nenhum. Depois eu lhe disse que tinha terminado de ler *O apanhador no campo de centeio*, de Salinger, e que gostara imensamente do livro. Ela também o lera. O único reparo que fazia ao romance era quanto ao nível, muito acima da capacidade de um adolescente. Respondi dizendo que a gente conhecia a tradução, talvez no original a linguagem fosse de jovem, sei lá. E depois eu achava possível um jovem ter bom nível cultural. Ela, por exemplo, parecia ter uma boa cultura. Poderia escrever sobre os problemas de sua família.

– E por que não você? – indagou-me sorrindo.

– Eu?! Não, não. Tenho muito que aprender. Gostaria de contar o que se passa comigo e expor minhas reflexões sobre a vida. Mas escrever é impossível.

– É. Talvez seja melhor gravar. O Simmel diz no final do *Nem só de caviar vive o homem* que escreveu o livro com base em gravações feitas com um espião. Pode ser chute. Mas a ideia é boa.

A conversa pulou para autores nacionais. Ela tinha terminado de ler *Camilo Mortágua*, do Josué Guimarães, e me contou por alto a história. Acertamos que me emprestaria o romance.

Chegamos ao centro e numa banca da Paulista peguei um jornal pra ver a programação dos cinemas. Fui lendo os títulos dos filmes e ela ia-me informando: bom, ruim, razoável, péssimo.

Dorinha sugeriu que fôssemos ver um filme de arte. E fomos.

Assistimos ao filme de mãos dadas e bem-comportados. Puxa, não é mole dar uma de cavalheiro. Eu estava era louco pra lhe dar um beijo, sentir seu corpo... Mas fiquei quieto, aguentando o filme artístico. Pura arte pura. Quando ele terminou, eu me sentia cansado e com dor de cabeça.

Saímos abraçados e fomos para o ponto do ônibus. Ficamos conversando sobre o filme e depois sobre música. Ela falou sobre música brasileira e *jazz*. Puxa vida, você encontrar uma garota de 17 anos que conhece *jazz* é uma descoberta.

No ônibus, ela encostou a cabeça no meu ombro e me perguntou:

– Escuta, Toninho, por que você quer me namorar?

Respondi-lhe que não sabia o que ela tinha que me deixava tesudo.

– Mas eu sou gorda.

– Nem tanto.

– Feia.

– Que é isso?...

– Eu não me afino com meu corpo. Tenho um eu corporal horrível.

– O quê?

– Um eu corporal. A imagem que a pessoa tem do seu corpo.

– Ah, Dorinha, larga de bobagem, tá? Você é bonita por dentro, tem ideias, sabe conversar, tem uma cuca legal mesmo.

– Mas...

– Não tem mas nenhum. Você tá querendo elogio.

– Eu?!

– É sim – aí falei baixinho no ouvido dela: – Você é gostosa pacas. Estou excitado e não vejo a hora de lhe dar uma agarrada, um beijo etc. e tal.

Ela apertou meu braço, me deu um beijo no rosto e enfiou a mão esquerda por dentro de minha camisa.

Descemos uma quadra antes da casa dela e enquanto caminhávamos, íamos nos beijando.

Chegamos. Ela abriu o portão, fechou-o por dentro e me disse:

– Não faça barulho.

Abracei-a e quando a beijei senti um prazer jamais sentido. Era como se alguém estivesse tirando minha alma pelas costas e me levando para o céu. Fiquei acariciando seu corpo e quando estava naquele nível x de excitação, ouvimos uma conversa. Ela me afastou, fez sinal de psiu com o dedo nos lábios e me pediu baixinho:

– Vá agora, Toninho. Deve ser meu pai.

Acendeu a lâmpada do alpendre.

– Sou eu – disse ela bem alto.

Abriu o portão e me disse:

– Me telefona amanhã, tá?

– Só se você me der um beijo.

– Tá.

Saí excitado, feliz, com a cabeça leve e uma vontade enorme de comer, beber, fazer alguma coisa. Dei um chute numa lata de cerveja que estava na calçada e disse a mim mesmo: "Toninho, agora você acertou na mosca".

No ônibus, com o coração no ritmo normal, fiquei matutando pra ver se encontrava o motivo de Dorinha se julgar feia de corpo. Não o encontrei.

15

Esse troço de a gente se ver mais feio do que é pode acontecer com qualquer um. Achei meio estranho a Dorinha se achar feia. Se ela conhecesse a Inês, uma colega de classe, iria se julgar lindíssima.

Notei também que quando Dorinha falava dos pais parecia que estava tampando um vulcão dentro de si. "Qualquer dia vou fazê-la botar tudo pra fora" – pensei. De vez em quando você tem que vomitar tudo, senão fica pirado. Às vezes é bom explodir.

Explosão mesmo eu tive no dia que cheguei em casa morto de fome e não tinha almoço.

Cheguei e dei com uma senhora e uma moça, que parecia ser a filha, doutrinando minha mãe e Lola. Como Lola me disse depois, elas tinham entrado às 10 e pertenciam a não sei que igreja. A filha lia um trecho do Novo Testamento e a senhora perguntava à minha mãe e à Lola como interpretavam o que haviam ouvido. Qualquer que fosse a interpretação, estava errada. A senhora fazia uma longa explicação sobre o que tais e tais versículos traziam por trás das palavras. E lá pelas tantas, quando soube que minha mãe tinha por hábito fazer meditação transcendental e Lola era umbandista, largou o Novo Testamento e pôs-se a discursar em defesa do cristianismo, segundo sua igreja, é óbvio.

Ao constatar na cozinha que o almoço não fora feito, voltei à sala e educadamente disse:

– Minhas senhoras, sabiam que Cristo também comia?

As duas ficaram vermelhas, minha mãe me olhou com ódio e Lola balançou a cabeça negativamente.

– É isso mesmo. Há hora pra tudo.

A senhora levantou-se e retrucou:

– Você precisa ler a Bíblia urgentemente, meu rapaz.

– Em casa tem a Bíblia e sempre a leio de estômago cheio.

Minha mãe se levantou e me mandou calar a boca e ir para o quarto.

– Fique quieto, Antônio Carlos. Isso são jeitos? Vá para seu quarto que depois conversaremos – e virando-se para as duas professoras evangélicas: – Peço-lhes desculpas. Esse meu filho está passando por uma horrível crise. Perdoem-no, sim?

Ouvi essa besteira de minha mãe quando abria a porta do quarto. Tentei voltar e dizer-lhe quem é que passava por uma horrível crise, mas não ia adiantar nada. Entrei no quarto, fechei a porta e saí pela janela. Fui comer um hambúrguer no bar do Fred, um dos poucos caras que têm paciência para me ouvir, o que, também, não adianta muito. Eu lhe conto um problema e ele escuta, balançando a cabeça. Na hora que lhe indago: "O que você faria se estivesse no meu lugar?", ele sempre responde: "Depende, né? É preciso analisar bem. Pode ser que..." E não diz nada. É um enrolador.

À tarde, quando voltava para casa, ia imaginando a bronca que minha mãe me daria. É evidente, não? Eu havia me comportado como uma criança na frente daquelas respeitáveis bibliólatras (vi no dicionário). Porém, ao entrar na sala, dei com minha mãe de ponta-cabeça. Estava fazendo um exercício de ioga. Concluí que a aula das bibliólatras não tinha adiantado muito. Aliás, sobre religião já tenho um ponto de vista firmado há muito tempo: quem tem a mania de querer doutrinar os outros é porque está em dúvida quanto à sua própria crença. O camarada que tem uma religião e se sente feliz com ela, sai por aí fazendo o bem e não procurando doutrinar os outros. Quem quiser que o siga. Como aconteceu com Cristo.

Tive uma professora de História no 7º ano que um dia me fez perder a paciência. Ela só falava de Anchieta e eu lhe disse que ela estava por fora do catolicismo e de todos os ismos. A mulher queria me matar. "Como?! Quem é você pra me dizer isso?!" Acontece que tem católico pra frente e pra trás. Eu sou católico mas não pratico a religião. Então não sou católico. O brasileiro acha que é católico porque foi batizado na igreja, nela se casou e tem certeza de que nela irão encomendar seu cadáver. Agora, participar desses movimentos em defesa dos abandonados, nem 10%.

Foi o que eu disse à professora. E falei mais: que tem centenas de terreiros de umbanda no Brasil e que a gente não estudava essa religião. E nem candomblé, espiritismo, protestantismo e catolicismo, porque ela só falava de Anchieta. Resultado: mandou-me pra fora da sala.

Olha, o cara que aguentar uma escola como a que eu aguentei, merece um prêmio. É uma tortura chinesa. O mundo está pegando fogo e você decorando as rotas das expedições portuguesas do tempo que galinha tinha dentes ou os caminhos que os bandeirantes seguiam para ir atrás das pedras preciosas e das índias. Bom, vou parar de falar mal da escola. Coitados dos professores, eles fazem o que podem. Está tudo errado na educação. Não dá nem pra falar. Além do mais, o que é que eu tenho com isso? Sou um aluno medíocre (menos em redação). Mas, como todo brasileiro, creio que entendo de educação, economia, política e futebol. Na verdade, na escola vou aos trancos e barrancos, em matéria de economia, gasto o dinheiro de minha mãe, politicamente não sou ninguém, pois não tenho 18 anos, e no futebol sempre joguei na ponta esquerda e jamais fiz um gol.

16

Na segunda vez que saí com Dorinha, um sábado à tarde, eu estava decidido a ir a fundo para descobrir o seu sentimento de inferioridade.

– Aonde vamos? – ela quis saber para avisar a mãe.

– Você que sabe.

– Vamos a um parque de diversões?

Quando ela falou isso eu quase desmaiei. Tive vontade de, na base da gozação, retrucar com "que tal o zoológico?". Mas me contive, como um bom cavalheiro.

– Você quer mesmo ir a um parque de diversões?

Ela fez um gesto com as mãos como se dissesse "sei lá".

Pra ser bem franco, eu estava mesmo louco pra ir a um lugar tranquilo e bater um bom papo. Mas, onde?

– Você não quer ir ao parque? – perguntei.

– Aí? – e ela apontou o Ibirapuera.

– É... a gente podia bater um papo.

– É... – e ela fez uma cara de quem não gostou.

Quando uma pessoa fecha a cara na minha frente, meu sangue ferve e me descontrolo.

– Olha, Dorinha, eu estou interessado em conversar com você. O lugar não interessa – aproximei-me dela e peguei suas mãos. – Pra dizer a verdade, estou é louco pra fazer umas coisas... Bem, vá, deixa pra lá.

Ela riu.

– Você é meio tarado.

– Só por você.

E saímos abraçados.

Sentamo-nos à margem do lago e começamos a conversar. Ela estava contente e falava pacas. Mas seu jeito de falar me excitava.

– Eu queria discutir tanta coisa com você, Dorinha, mas quando estou ao seu lado, olha como é que eu fico.

Encontramos uma solução. Ficamos virados um para cada lado, de costas um para o outro.

Eu comecei.

– Por que você se julga feia?

– Eu?!

– Não, eu. Ora, Dorinha, você me falou outro dia. Vamos, desembucha.

– Você é de morte, hem?

– Não esqueci nem uma palavra de tudo o que já conversamos.

– Tá bom. Desde pequena, sempre encontrei dificuldade para me relacionar com meus pais. Eles brigavam muito e sempre me tratavam com agressividade. Eu vivia com medo e, sem saber o que fazer, quando discutiam à mesa, comia desesperadamente. Sentia-me um ser estranho em minha casa, não me envolvia em nada. Insegura e com ansiedade, comia muito. Ia engordando e me vendo cada vez mais feia. Ia mal nos estudos e sempre me colocava em posição de inferioridade. Quando entrei na adolescência, vi-me totalmente despreparada e desamparada por minha mãe. Comecei a ler e a trocar ideias com minhas colegas em busca de minha identidade. Eu não sabia direito quem era.

– E agora, como está?

– Vou tocando o barco. Faço o que sinto no momento e me relaciono o mínimo possível com meus pais. Minha dose de carinho vai pros meus irmãos.

– E não entra nenhum ex-namorado nessa história?

– Tive alguns namorados, mas sempre encontrei muita dificuldade por causa da minha baixa autoestima por mim mesma e de certa agressividade.

– Você agressiva? Não acredito.

– É que quando você pintou na minha vida eu já estava saindo do fundo do poço. Mas ainda tenho uns grilos.

– Como essa história de corpo feio, que não é feio?

– É isso aí. E você?

Fiz um resumo de minha vida e ela pôde deduzir que, sob certos aspectos, os jovens enfrentam os mesmos problemas: a libertação dos pais, a conquista de seu espaço de vida e a busca de sua identidade. Depois, discuti com ela esse negócio de sua pobre autoimagem. Disse-lhe com toda sinceridade que era bonita por fora e linda por dentro. E sugeri:

– O nosso negócio, Dorinha, é viver o presente tal qual somos e deixar os velhos se digladiarem.

Ela gostou do se digladiarem. Virou-se, abraçou-me, beijou-me ternamente e sussurrou:

– Eu te adoro.

À noite, esperei Dorinha no Shopping Iguatemi, porque tínhamos acertado ir ao cinema e depois dar uma esticada até a Henrique Schaumann pra comer *pizza*.

Como Dorinha estava demorando, telefonei pra sua casa.

– Alô.

Atendeu uma voz de criança.

– Vá chamar Dorinha.

– Por favor, espere.

– Alô, Dorinha.

– Sim.

– Que houve?

– Nada. Depois a gente conversa. Já vou.

Quando Dorinha chegou, o filme já tinha começado, mas entramos no cinema do mesmo jeito, porque não íamos assistir a filme algum.

Ela me contou que o pai chegara meio tocado e tentara agredir a mãe. Era um crápula. Era, não, é, porque continua muito vivo e infernando a vida da mulher e dos filhos. E Dorinha começou a chorar. Eu não sabia o que dizer. Falar o quê? Quando alguém está na pior, adianta você falar alguma coisa? Puxei sua cabeça pra mais junto de mim e beijei-a.

– Vamos sair – disse ela.

Eu não queria sair, mas sabe, quando uma garota está triste, você tem que ser compreensivo. Há hora pra tudo.

Saímos e fomos tomar um sorvete. Sentamos nos banquinhos da lanchonete e, enquanto esperávamos os sorvetes, alguém me abraçou por trás.

– Adivinha quem é?

Esses caras fazem cada pergunta! "Adivinha quem é?" Só pelo abraço de urso e pela voz cavernosa, matei que era Arnaldo.

– O que vocês estão fazendo aqui? – ele perguntou, olhando para Dorinha e me apertando mais.

– Viemos comprar um CD de música sertaneja – respondi.

(Pô! Se estou numa lanchonete, o que posso estar fazendo? Rezando? Até você, Arnaldo?!)

Ele estava acompanhado de Fri e do jeito que se abraçavam e se lambiam, calculei que estavam recomeçando a namorar pela centésima vez.

Sentaram-se ao nosso lado e logo entenderam que Dorinha e eu estávamos namorando.

– Daqui vocês vão para onde? – perguntou Arnaldo, enquanto Fri papeava com Dorinha sei lá o quê.

– A gente tava a fim de comer uma *pizza* aí na Henrique.

– E depois?

– Bem, depois ir jogar dominó na casa de Dorinha.

– Ah... não brinca.

– Se eu tivesse carro...

Ele arregalou os olhos, mostrou os dentes e devagarinho foi tirando do bolso da calça um molho de chaves.

– O que é isso? – perguntei, como qualquer idiota perguntaria vendo um molho de chaves.

– É do meu papai – respondeu, dando uma entonação de bicha ao "papai".

Aí encostou sua boca no meu ouvido e disse:

– Vou fazer um programa com Fri. Você entende, né?

Entendi, é claro. E adiantava não entender? Olhei bem pra ele e lhe disse que me sentia muito feliz em saber que iam ter uma noite gostosa.

Tão logo Arnaldo e Fri se foram, mandei os dois praquele lugar.

– Você falou alguma coisa? – indagou Dorinha.

– Falei.

– O quê?

– Vamos comer *pizza*?

17

Há certos dias que fico pensando nas semelhanças entre escola, hospital psiquiátrico e cadeia. Na escola, você vive ameaçado por zeros e suspensões; no hospital psiquiátrico por barbitúricos; e na cadeia por choques. Os professores, os psiquiatras e os delegados, com raras e elogiáveis exceções, têm algo em comum: julgam-se os donos da verdade e do poder e querem ser obedecidos.

Na minha escola, a maioria dos professores tem um ar de superioridade que irrita qualquer um. Pelo miserável salário que recebem, já deviam ter desconfiado que são proletários. Não adianta quererem arrotar caviar, porque só comem manjubas. Mas talvez isto ocorra apenas na minha escola. Quem sabe?

Às vezes, fico vendo os professores tomando café na cantina e me pergunto: "Será que esses ilustres cidadãos sabem tudo o que a gente sabe que se passa entre os alunos?". Não, não sabem. A Heleninha, da minha classe, que todo mundo pensa que poderá ser freira, passa as tardes com Ricardo num motel perto da Via Dutra; o Silvinho, com aquela pose de atleta, está descambando pro homossexualismo e já deu uma cantada no Júnior; o Evaldo passou da maconha pro *crack*; o Douglas já obrigou a Cármen a fazer um aborto e agora ela está na pior deste mundo; o Joaquim anda apavorado porque o pai foi internado como esquizofrênico e alguma besta lhe disse que a chamada doença é hereditária; e a Neide anda transando com o Roberto, que namora a tonta da Sônia. Bom, vamos parar por aqui. Agora, imagine o que não deve haver na escola toda.

Mas eu disse tudo isso porque noutro dia saí furioso da escola, com vontade de largar os estudos por causa do que a turma da minha classe fez com o Odélio.

Pô, o Odélio é um cara complexado pacas. Primeiro, porque não gosta do nome; segundo, porque é tratado como uma mocinha em sua casa. A mãe é quem manda no lar. O pai é um banana. E o Odélio está completamente desorientado. Foi o que deduzi, depois que ele me perguntou uns troços sobre sexo que eu já conhecia desde os 7 anos. Fiquei com dó dele. Ele não é bicha. É um cara querendo descobrir quem é e ninguém o auxilia. Bem, fiz o que pude. Tentei lhe dar aquela força e ele se grudou em mim. Era só eu chegar à escola e lá vinha o Odélio sorrindo, me puxando o saco e pedindo conselhos sobre o que devia fazer com os pais. O que eu podia lhe dizer? Espere os 18 anos e depois vá pra Marinha. É o que sempre digo: até 18 anos não existe liberdade. Depois dos 18, a gente vai ver. Há uma leve esperança de que exista.

Eu dizia que aconteceu um negócio chatíssimo com ele. Vou contar.

A diretora mandou a professora de Química coordenar a votação da minha classe para a escolha da representante ao concurso de rainha da escola, mais uma atividade caça-níquel para a APM (Associação de Pais e Mestres).

Foi feita a votação e a quase totalidade dos rapazes votou no Odélio. Eu não, é claro. Nem sabia que os colegas tinham combinado essa sacanagem.

A dona de Química pegou os papeizinhos e em silêncio começou a contar os votos. Quando terminou, deu um risinho de deboche e disse:

– Odélio teve 28 votos.

A classe começou a rir, a professora percebeu a besteira que fizera, gritou pedindo silêncio, mas a classe não parava de rir. Odélio levantou-se e ficou indeciso sobre que atitude tomar. Fez menção de ir à frente, talvez para xingar todo mundo. Segurei-o pelo braço.

– Calma, Odélio. Eles tão só brincando com você.

Ele meneava a cabeça desordenadamente e não conseguia parar os olhos. De repente, soltou o maior palavrão da língua e saiu correndo da sala. Corri atrás dele e não consegui alcançá-lo. Foi pra sua casa.

No intervalo, tentei discutir com os colegas se era justo fazerem aquilo com Odélio, um cara que precisava de ajuda. Todo mundo concordou que ele merecia respeito e concluí que ninguém tinha votado nele. Mandei meio mundo praquele lugar e saí mais cedo da escola. O mau cheiro estava insuportável.

18

Ao chegar em casa, encontrei minha mãe na cama, chorando como criança. Perguntei-lhe o que tinha acontecido e ela me respondeu:

– Vi seu pai com outra mulher.

– E daí?

– E daí?! Você não acha isso o bastante para me deixar arrasada?

– Ele não é mais seu marido.

– Mas eu... eu... – parou de chorar e cobriu o rosto com o travesseiro.

Fui à cozinha tomar um copo de leite e encontrei Lola debruçada sobre a mesa.

– Que é que há, Lola? Tá se sentindo mal?

– Tô, Antônio Carlos. Quando sua mãe tá ruim, eu também fico ruim.

– Sei. Você é médium, né?

– Sou.

– Será que minha mãe não vai esquecer meu pai? Quando viviam juntos, ela o detestava. Agora...

– Ela odeia seu pai. Ficou desse jeito porque ele tava rindo quando ela viu ele de braço com a outra.

Tomei o leite e fui pro meu quarto pensando: "Mulher é como aparelho elétrico: quando você pensa que está funcionando direito, enguiça". Ao chegar ao quarto, lembrei-me do caso do Odélio e apaguei da cabeça o pensamento machista e disse a mim mesmo: "Quanto mais conheço os homens, mais estimo os animais". Esse pensamento dizem ser do Alexandre Herculano, um literato português, mas creio que é tão velho quanto a humanidade.

Estiquei-me na cama, pus o gravador do lado e comecei a gravar:

"Talvez os meus problemas não sejam comuns à maioria dos jovens de minha idade. Eles não têm pais separados, relacionam-se com muitos parentes e são sócios de clubes. Se minha mãe ou meu pai fosse sócio de algum clube, provavelmente eu teria muitos amigos e uma vida social intensa. Mas também não sei se frequentando um clube preencheria o vazio que é esta minha existência. Se não fosse Dorinha..."

O telefone tocou. Parei de gravar e fui atendê-lo.

Era Dorinha.

– Fala, paixão.

– Toninho, você quer ir a um *show* de MPB comigo?

– Querer eu quero, mas vou ser bem franco, estou sem grana.

– Mas eu ganhei duas entradas.

– É? De quem?

– Do Renato.

– Ele costuma te dar presentes desse tipo, é?

– Não enche, Toninho. Ele ganhou do Vinicius.

– Que Vinicius?

– Um saxofonista. Eles são amigos. Mas o Renato vai pra Santos. Por isso é que me deu as duas entradas.

– Estou começando a gostar desse Renato.

– Ele tem namorada, seu bobo.

– O Renato é um grande cara. Preciso conhecê-lo.

– Então, como é que fica?

– Passo aí à noite.

– Toninho.

– Hem.

– Tô com saudade.

– Um beijo pra você.

– Dois procê.

19

Fui com Dorinha e gostei tanto do *show* que não cansava de dizer isso pra ela, que ria. Pra ela não era novidade alguma. Sempre foi muito ligada a esse negócio de música instrumental. É doente por *jazz*.

Depois de me despedir de Dorinha, vim direto para casa, pois desejava me deitar logo e recordar todos os momentos da noite gostosa que tivera.

Abri a porta de minha casa.

Ao entrar, pensei em ir à cozinha tomar um copo de leite.

Ao passar pelo corredor, vi a porta do quarto de minha mãe aberta e a lâmpada acesa. Estranhei. Entrei e dei com minha mãe estirada no chão. Ao seu lado um vidro vazio.

– Mãe! Mãe!

Ela não respondia. Parecia morta. Tomei-a nos braços, coloquei-a na cama e peguei seu pulso. Estava viva.

– Mãe! Acorda, mãe!

Ela não respondia.

Pus o vidro no bolso, corri ao telefone, chamei um táxi. Depois fui ao quartinho de Lola. Bati na porta e chamei-a:

– Lola, acorda.

Felizmente ela acordou.

– Que é?

– Venha depressa! Minha mãe está mal!

Voltei ao quarto, procurei reanimar minha mãe, mas ela não reagia. Eu estava apavorado, e não sabia o que fazer. Dei-lhe uns tapas no rosto, não adiantaram nada.

Lola entrou no quarto e logo em seguida tocaram a campainha.

– É o táxi, Lola. Vou levar minha mãe ao Pronto-Socorro das Clínicas. Atenda a porta que eu levo ela.

Lola abriu a porta, era o motorista.

Coloquei minha mãe no banco traseiro e pedi a Lola que telefonasse para meu tio Alfredo.

– Vou telefonar pra Mírian – disse ela.

– Não, não. Telefone pro tio Alfredo.

– Aonde a gente vai? – perguntou o motorista.

– Pro Pronto-Socorro das Clínicas. Depressa, pelo amor de Deus.

– Acho melhor você ir no banco de trás.

– Isso.

Passei para trás e pedi ao motorista que fosse bem depressa.

Enquanto o táxi subia a Rebouças, eu implorava a Deus que salvasse minha mãe.

Paramos no Pronto-Socorro, dois enfermeiros vieram nos atender imediatamente. Um deles perguntou o que era. Dei-lhe o vidro, ele disse que era de comprimidos de barbitúrico.

Imediatamente eles a colocaram na maca e a levaram para dentro.

Agradeci ao motorista e lhe paguei. Depois, sentei-me num banco e logo a atendente me chamou:

– É pra dar os dados da senhora.

– Sei.

Dei algumas informações à moça e indaguei-lhe como poderia ficar sabendo do estado de minha mãe.

– Fique tranquilo. Você será informado.

Sentei-me no banco e fiquei me recriminando: "Você sabia que mais dia menos dia sua mãe tentaria o suicídio. Por que não fez nada? Você, na verdade, nunca se preocupou com ela. Queria apenas viver sua vida. Que filho você tem sido?".

O enfermeiro que me fizera perguntas quando chegamos ao Pronto-Socorro veio até mim e me disse sorrindo:

– Não se preocupe, rapaz. Sua mãe não vai morrer.

Respirei profundamente e agradeci ao moço. Então ele me aconselhou a ir embora e voltar pela manhã.

Deixei o hospital e enquanto descia a Rebouças me perguntava a todo momento: "Por que algumas pessoas querem se matar?". Uma vez li que muitos psicólogos acham que as causas são certas frustrações infantis, a falta de comunicação sobretudo na adolescência e um *stress* contínuo. Mas não adiantava ficar pensando nisso. Não iria resolver nada.

Chegando em casa, telefonei para meu pai. Uma voz feminina atendeu. Desliguei imediatamente o telefone e soltei um palavrão.

20

Pela manhã, telefonei para Mírian, que era pra ela vir pra São Paulo, que minha mãe não estava se sentindo bem, mas que não era nada grave.

Logo depois, meu tio Alfredo chegou. Assustado, queria saber tintin por tintin o que acontecera.

– Olha, Antônio Carlos, eu estava viajando. Cheguei pela manhã em casa e vim direto pra cá.

À medida que eu contava a meu tio o que acontecera, ele abanava a cabeça e repetia “sim, senhor”. Em certo momento, parou-me e disse-me:

– Precisamos tirar sua mãe daqui.

– Como?

– Não tem sentido ela ficar aqui isolada de todos os parentes. Por que não foi para Itu quando se separou de seu pai?

– Sei lá, tio.

– Mas todos nós moramos lá. A família vive unida. Nunca entendi sua mãe.

– Tio, uma família é como uma árvore: nenhum galho é igual a outro. Pode ser que no fundo minha mãe tivesse esperança de voltar a viver com ele. O senhor sabe melhor que eu que mulher é um bicho muito complicado.

(A mulher dele é uma arara. Quem chega perto, ela bica.)

Ele me olhou bem, acho que entendeu o sentido de minha frase. Refletiu por uns segundos e sentenciou:

– Vocês têm que ir para Itu.

– Vocês?!

– É.

– Eu não posso.

– Por quê?

– A escola.

– É. Vamos ver o que podemos fazer. E seu pai?

– Que pai, tio? Quando telefonei praquele babaca para lhe contar o que tinha acontecido, uma voz de mulher atendeu e eu desliguei. Ele está noutra, tio.

Se há uma coisa que detesto é falar do meu pai. Por isso mudei de assunto.

– Convém ir ao hospital.

– É. Vamos.

Fomos no carro dele para o hospital e, lá chegando, ele se incumbiu de providenciar a saída de minha mãe.

Voltamos para casa e minha mãe não disse uma palavra. Estava abatida demais, talvez se censurando pelo que fizera.

Fui à cozinha tomar um café e perguntei à Lola se Mírian tinha telefonado. Ela respondeu que não.

Meu tio veio da sala e disse à Lola que era para ela colocar nossas roupas nas malas.

– Vou levá-los para a casa de meus pais.

– Tio, a Mírian deve estar pra chegar.

– Vocês não podem ficar aqui neste inferno.

Como todo ituano, acostumado à vida calma, meu tio detesta São Paulo e só vem aqui por alguma necessidade muito forte.

– Itu é melhor para vocês – insistiu ele.

Vendo que ele começava a decidir o destino de minha vida, disse-lhe que não poderia sair de São Paulo, que não podia deixar a escola.

– Não pode se transferir? – perguntou.

– Tio, nesta época não dá pra gente se transferir. Está quase no fim do ano. Além do mais, não pretendo sair de São Paulo.

– Você?!

– Sim, tio. O momento não é propício. Estou pra dar meu grito de independência.

– Como assim?

– Por uma série de motivos, vou ficar por aqui.

Eu não queria dizer-lhe que estava namorando e... vá lá, apaixonado; que estava decidido a me libertar de minha mãe; que queria arrumar um emprego qualquer e começar a voar sozinho; que finalmente não tinha a menor vontade de morar em Itu, apesar de ser uma cidade maravilhosa.

– Que motivos, Antônio Carlos? Que motivos?

– Vários. Um deles é que quero começar a trabalhar.

– Trabalhar?! Você está louco. Onde você vai arranjar emprego?

– Vou procurar. Sempre há um empreguinho por aí.

– Mas...

Não terminou sua frase. Mírian abriu a porta, entrou e foi logo perguntando:

– Que houve? Me avisaram que...

– Calma, Mírian. Vem cá ao meu quarto que lhe conto tudo. Depois você vê nossa mãe.

Contei-lhe tudo que acontecera e resumi a conversa que tivera com tio Alfredo. Ela ficou me olhando meio assustada e depois me deu um abraço e um beijo.

– Toninho, você é fora de série.

– Eu?

– É. Você. E pode contar comigo. Siga seu caminho. Vou falar com tio Alfredo. Agora quero ver mamãe.

Fui com ela ao quarto de minha mãe, que cochilava.

Mírian tocou-lhe no braço.

– Mamãe.

Minha mãe acordou. Olhou bem para Mírian e começou a chorar.

– Está tudo bem, mamãe. Não chore, tá? Vai dar tudo certo.

Minha mãe pediu que eu me aproximasse dela. Acheguei-me e ela me falou:

– Antônio Carlos, Lola me contou tudo. Deus lhe pague.

– Que é isso, mãe. Essas coisas acontecem com qualquer um. Não se preocupe. Dê um sorriso, tá?

Ela sorriu e saí do quarto. Mírian ficou. Tinha um árduo trabalho pela frente.

21

Tomei o ônibus e fui para o Ibirapuera.

Toquei o interfone da casa de Dorinha, ela atendeu:

– Quem é?

– Toninho.

– Vou já.

Abriu o portão e me abraçou.

– Toninho, que houve? – perguntou-me depois de reparar que eu estava muito sério.

– Vim sem telefonar, porque preciso conversar um negócio muito importante com você.

– Que houve?

– Vamos sair um pouco. Vamos até o parque.

– Pera aí.

Foi avisar a mãe e voltou correndo.

– Mas diga, Toninho, o que houve?

– Vamos andando.

Enquanto caminhávamos pela calçada, eu ia lhe contando tudo o que ocorrera com minha mãe e a conversa que tivera com meu tio. Quando terminei, ela me deu um beijo no rosto.

– Pô, Toninho, que barra, hem?

– Isso tudo a gente supera, Dorinha. Mas vim até você, porque preciso de um apoio. Você acha que consigo arrumar um emprego?

– Emprego?!

– Olha, Dorinha, eu vou começar a subir uma escada e vou começar pelo primeiro degrau. Vou aceitar qualquer serviço. Você vai entender isso?

– E por que não?

Chegamos ao parque.

Sentamo-nos ao pé de uma árvore e repeti a pergunta:

– Você vai entender isso?

Ela me beijou e respondeu:

– Já respondi. Claro, né, Toninho? E se não entender?

– Seria o fim.

– O fim? Você está louco. Você está decidindo seu futuro, que importa a minha opinião?

– Importa muito. Eu te amo. Preciso de você.

– Tá bom. Mas o passo que você está dando só depende de você. Vá em frente, Toninho.

– É. Acho que você tem razão. Cada um constrói seu próprio futuro. Mas quem tem uma pessoa bacana do seu lado...

Abraçamo-nos e nos beijamos. Depois, Dorinha disse:

– Seja você mesmo sempre. Não pense no amanhã. Se for por mim, jamais o deixarei. Eu amo você.

Beijei-a.

– Dorinha, era só isso que eu queria ouvir. Eu também amo muito você. Agora, tenho que ir. Então, tchau.

– Tchau, amor.

Logo que cheguei em casa, Mírian me disse que conversou com tio Alfredo, fazendo-o compreender por que não vou acompanhar minha mãe e Lola. Vou ficar nesta casa até arrumar um emprego e um apartamento. Quanto a isso, estou tranquilo. Mas não tenho tanta certeza de que estou no rumo certo. Bem, de qualquer forma, já tomei uma decisão. Por isso, tchau, Antônio Carlos. Tchau mesmo.

LANNOY DORIN

Nascido em 1934, em Tambaú, interior de São Paulo, Lannoy Dorin é jornalista, pedagogo, mestre em Psicologia e professor. Lecionando desde 1959, já atuou na formação de professores e de psicólogos, além de ter colaborado na criação de duas universidades, dez faculdades e em torno de vinte cursos de nível superior pelo interior paulista.

A carreira de escritor iniciou-se com a publicação de seu primeiro livro de Psicologia, em 1969, pela Editora do Brasil. Antes, porém, colaborou também com inúmeros jornais e revistas, escrevendo diversos artigos. Muitos foram os livros publicados e dentre eles destaca-se sua produção voltada ao público jovem, com temáticas relacionadas aos problemas comumente vivenciados nessa fase da vida.

Todos os seus livros juvenis foram escritos com base em histórias reais, coletadas a partir de sua experiência como professor e psicólogo. Casado, pai de quatro filhos, avô de dois netos, mora em Jundiaí, SP, onde é membro permanente da Academia Jundiaiense de Letras. Lannoy Dorin considera-se realizado por poder contribuir para a formação de tantos jovens e, com esta reedição de *Uma leve esperança*, revisada e readaptada, o autor deixa entrever seu compromisso com questões ainda tão importantes para a sociedade atual.

Impresso sobre papel Polen Soft 80g/m^2.

Foram utilizadas as variações da fonte Sabon, de Jan Tschichold.